SCIENCE FICTION

Herausgegeben
von Wolfgang Jeschke

Von **Barry Norman Malzberg** erschienen in der Reihe
HEYNE SCIENCE FICTION & FANTASY:

Der Sturz der Astronauten · 0603432
Herovits Welt · 063548
Die Zerstörung des Tempels · 0603641
Eroberungstaktiken · 0605340

Barry N. Malzberg

EROBERUNGS-TAKTIKEN

Roman

Aus dem Amerikanischen übersetzt
von
MARTIN GILBERT

Deutsche Erstausgabe

WILHELM HEYNE VERLAG
MÜNCHEN

HEYNE SCIENCE FICTION & FANTASY
Band 0605340

Titel der Originalausgabe
TACTICS OF CONQUEST
Übersetzung aus dem Amerikanischen von Martin Gilbert
Das Umschlagbild malte Karel Thole

Redaktion: Wolfgang Jeschke

Erstausgabe by Pyramid Books, New York
(Ein Teil des Romans erschien in veränderter und gekürzter
Form unter dem Titel ›Closed Sicilian‹ in
›The Magazine of Fantasy and Science Fiction‹, November 1973)
Mit freundlicher Genehmigung des Autors
und Thomas Schlück, Literarische Agentur, Garbsen

Printed in Germany 1995
Umschlaggestaltung: Atelier Ingrid Schütz, München
Technische Betreuung: M. Spinola
Satz: Schaber Satz- und Datentechnik, Wels
Druck und Bindung: Elsnerdruck, Berlin

ISBN 3-453-08586-8

Für
Harry Harrison und Burt Sands –
Sie wären sich
sicher sympathisch.

»Wenn all dies an sich schon etwas verrückt ist, nun, dann ist es das Spiel selbst erst recht …«

– FRANK BRADY: *Profil eines Talents*

ZUR SOFORTIGEN VERÖFFENTLICHUNG

FÜNFZEHNTE PARTIE
RUY LOPEZ

Weiß	*Schwarz*
e2–e4	e7–e5
d1–f3	b8–c6
f1–c4	c6–d4
f3 x f7‡	

Die fünfzehnte Partie, bei oberflächlicher Betrachtung ein Anfängermatt in vier Zügen, erwies dann sich als eines der interessantesten Spiele in diesem Turnier, und es gibt für die Fans von David, der hier mit Schwarz spielte, überhaupt keinen Grund zur Verzweiflung. Obwohl er diese Partie eindeutig verloren hat, wurde sie von beiden Spielern mit großer Subtilität und Originalität gespielt; und wäre nicht dieser unglückliche Fehler beim dritten Zug geschehen, als Schwarz den Läufer attackierte, statt seine eigene Position zu sichern, hätte diese Partie durchaus eine andere Wendung nehmen können.

Die meisten Experten, die nach dem Spiel befragt wurden, sind der Ansicht, daß die Partie für Schwarz selbst bei Vorteil kaum zu gewinnen gewesen wäre – auch ohne diesen verhängnisvollen Fehler. Doch geht man allgemein davon aus, daß David, wenn er in zwei Tagen bei der sechzehnten Partie im Sternbild Orion wieder Weiß spielt, mit Hilfe seines Spielwitzes, seiner Phantasie und entsprechendem Einsatz dieses Spiel durchaus gewinnen kann. Da noch mindestens elf Partien ausstehen, kann man ruhig sagen, daß sich das Turnier noch in seiner Anfangsphase befindet. Daher ist die 10 : 5-Führung von Louis bestenfalls von statistischer Relevanz.

Deshalb sollten sich die Fans und die übrigen Zuschauer vor Augen führen, daß das Turnier eine nervenaufreibende Angelegenheit bleiben wird. Louis' Fans dürfen trotz ihrer Freude über seinen Sieg nicht dem Trugschluß erliegen, daß er nun ›leichtes Spiel‹ mit seinem Gegner hätte. Auf der anderen Seite darf Davids Fanclub auf Milliarden bewohnter Welten Mut schöpfen aus seiner kühnen und risikofreudigen Spielweise in der fünfzehnten Partie, und sie können davon ausgehen, daß ihr Repräsentant ›gerade erst den Kampf aufgenommen hat‹, wie er oft selbst zu sagen pflegt.

In einem Interview kurz nach dem Spiel sagte Louis: »Ja, es war eine gute Partie für mich, und ich war selbst überrascht, sie so leicht in nur vier Zügen zu gewinnen. Aber David ist ein gerissener und versierter Großmeister, der heute nicht in Topform war. Hätte er nicht diesen einen Fehler gemacht, wäre die Partie nie so schnell zu beenden gewesen, und ich hatte mich ja auch schon auf einen langen, zähen Kampf eingestellt. Ich bin sicher, daß es kein leichtes Turnier wird. An dieser Stelle möchte ich nochmals wiederholen, was ich bereits vor zwei Tagen nach meinem Sieg in sieben Zügen gesagt hatte: Wir haben den echten David bisher noch nicht zu Gesicht bekommen; aber er macht sich, und wenn er sein Potential erst einmal voll realisiert, wird es hart.«

David wollte kein Interview geben. Doch Verlautbarungen aus seiner Umgebung zufolge ist er guten Mutes: »Er ist weit davon entfernt, wegen dieser Niederlage in nur vier Zügen deprimiert zu sein. Sein Kampfeswille ist jetzt erst richtig entbrannt. Und wenn er wütend wird – nun, Sie kennen ihn ja – dann ist sein Spiel immer brillant. Ich glaube definitiv, daß dieses Turnier nun seinen Wendepunkt erreicht hat.«

Obwohl sich diese fünfzehnte Partie durch ihre kurze Dauer auszeichnete – eines Tages wird sie vielleicht als eines dieser ›kleinen Meisterstücke‹ oder ›Miniaturen‹ in die Schachhistorie eingehen; solche Partien kommen im Großmeisterschach selten genug vor und gelten daher als wahre Kostbarkeit – weist sie doch viele interessante Aspekte auf, die im Schachkommentar Erwähnung finden werden.

Die Eröffnung von Weiß (e2–e4) ist ein konventioneller Ruy Lopez, aber schon der Gegenzug (e7–e5) läßt erkennen, daß sich Schwarz in ›Gefechtslaune‹ befindet und bereit ist, ›den Kampf aufzunehmen‹. Der zweite Zug von Weiß, das verfrühte Herausbringen der Dame, deutet auf ein offenes Spiel hin; die Antwort von Schwarz, eine schnelle Springerentwicklung, zeigt, daß er sich, zumindest im Moment noch, an den konventionellen Zugfolgen von Ruy Lopez orientiert.

Erst der dritte Zug von Weiß (f1–c4) verleiht der Partie wirkliche Originalität und eröffnet einen Beitrag zur Literatur über hochklassige Spiele. Es handelt sich um den offenkundigen Versuch, ein offensives Spiel im Zentrum des Spielfeldes zu eröffnen: Die zeitweilige Deckungslosigkeit der Dame ist ein weiteres Indiz für den noch offenen Ausgang der Partie. Die Reaktion von Schwarz, ein Angriff auf die Dame, spricht hingegen schon eine deutlichere Sprache. Indem er beim dritten Zug von Ruy Lopez und seiner konventionellen Sizilianischen Verteidigung abweicht, zeigt

Schwarz seine Bereitschaft, neues Terrain zu beschreiten. Man kann die Risikofreudigkeit und Entschlossenheit dieses Zuges nur bewundern.

Daß Weiß den schwarzen Läufer unerwartet schlägt und damit ein Matt erzwingt, ist natürlich insofern unglücklich, weil es die Partie zu einem schnellen Ende bringt. Dennoch muß man, wenn auch nur widerstrebend, diesem Zug Anerkennung für seine Genialität zuteil werden lassen. Obwohl dieser Zug so viele grundlegende, tiefschürfende und drängende Fragen offenläßt, die durch die ersten drei Züge aufgeworfen wurden, kann man es Weiß natürlich nicht verdenken, daß er diese sich ihm bietende Gelegenheit sofort genutzt hat. So wohnt dem Matt denn auch eine gewisse Schönheit und Logik inne, gepaart mit einer vernichtenden Endgültigkeit.

Trotzdem darf man die Raffinesse und Qualität des Spiels, die Schwarz in den wenigen ihm zur Verfügung stehenden Zügen bewiesen hatte, nicht einfach ignorieren, und wir dürfen sicher sein, in der Zukunft häufiger modifizierte Ruy-Lopez-Eröffnungen von David zu sehen.

In zwei Tagen wird das Turnier im Sternbild Orion fortgesetzt.

Wenn sich diese beiden ebenbürtigen Schachspieler ans Brett setzen, kann im Grunde alles geschehen – was dann erfahrungsgemäß auch eintritt. Mit wachsender Spannung harren wir daher der nächsten Partie und der darauffolgenden Spiele.

e2–e4

Sie hatten große Mühe, mich zu dieser fünfzehnten Partie zu bewegen. Und dazu noch mit Schwarz.

Aber das war nicht meine Schuld. Ich verhielt mich in dieser Sache nur wie jeder vernünftige Mensch: ich wollte meine Bedingungen und meinen Preis durchsetzen. Außerdem war es ganz offensichtlich, daß hier, bei der fünfzehnten Partie des *Cross-Universal-Turniers*, mit dem über das Schicksal des Universums entschieden wurde, ein Wendepunkt eingetreten war. Ich schickte mich an, meinen Gegner zu *zerschmettern*, sein Spiel zu demontieren und ihn in den übrigen Partien des Turniers vernichtend zu schlagen. Und weil nach dieser Partie noch sechsundzwanzig Spiele anstanden, wollte ich in diesem relativ frühen Stadium nicht schon eine Beendigung des Turniers riskieren.

Vernünftig? Vernünftig! Ich rechnete mir aus, daß es besser sei, Louis an der langen Leine zu führen und die Partien mitten im Spiel auszusetzen, während wir uns zu den Randsektoren der Galaxis vorarbeiteten. Nachdem ich dann einen Spielstand von 20 : 20 konstruiert und somit einen Zustand der absoluten Hochspannung geschaffen hatte, würde ich ihn vernichtend schlagen – zum erstenmal, wie es den Anschein hatte, das ganze Spektrum meiner spielerischen Technik demonstrieren und damit – was ohnehin von Anfang an feststand – das Zeitalter des Anstands und der Mitmenschlichkeit einläuten.

Aber, meine Güte, das Timing! Das richtige Timing

war wichtig. Um die eben genannte Perspektive zu maximieren und den Spannungsbogen aufrechtzuerhalten, der notwendig war, um meinem unausweichlichen und endgültigen Turniersieg die angemessene Bedeutung zu verleihen, mußte ich ihn irgendwie mitziehen. Sogar die Overlords würden ihre Zustimmung gegeben haben (hätten sie doch?), wenn ich ihnen meine Pläne zum Vortrag gebracht hätte, aber ich entschied mich dafür, daß es das Beste wäre, die Situation nicht mit ihnen zu diskutieren, weil diese Dummbeutel davon ausgehen, daß es sich hier um ein sauberes Turnier handelt und nicht auch nur einen Anflug von Betrug sehen wollen.

Also erstellte ich auf der Grundlage dieser Entscheidung eine mentale Strategie: Die Notwendigkeit, bestimmte Partien zu gewinnen, andere wiederum zu schmeißen, bis zum Ende des Turniers eine gut kalkulierte Spannung aufrechtzuerhalten und eine zunehmende Anzahl von Zuschauern und Augenzeugen in diesen dramatischen Kampf zu involvieren. Doch schon bei der siebten Partie wurde mir klar, daß das Spiel meines Gegners in die Binsen gehen würde. Das war nicht mehr der gewiefte Ruy Lopez, der handstreichartige Angriff, der, wenn auch erratisch, seine früheren Partien charakterisierte. Statt dessen verschanzte er sich phantasielos hinter einer Barriere, ohne Mut und Angriffsgeist, um manchmal in meine vernichtenden Fallen zu laufen; dann wiederum lief er weniger in sie hinein als sie vielmehr mit einem verblüfften Gesichtsausdruck zu umgehen, wobei er etwas trübe vor sich hin starrte und sein seriöses und gutmütiges Gesicht extreme Emotionen zeigte, die seine Physiognomie eigentlich gar nicht abbilden konnte.

Oh, es war kein Vergnügen, war es wirklich nicht. Obwohl ich wußte, daß ich ihn buchstäblich nach Belieben schlagen konnte und daß der Ausgang unserer Partien und somit das Schicksal des Universums schon vorherbestimmt war, war es dennoch kein schöner Anblick, wie er so schimpflich demontiert wurde. Wenn es so weiterging, dachte ich, würde er nicht einmal das ganze Turnier bestehen, alle einundvierzig Partien. Auf Deneb mußte ich deswegen ein Spiel auf die stümperhafteste und offensichtlichste Art und Weise verbocken: Ich mußte meinen Königsturm *en prise* seinem dilettantisch geführten Läufer offerieren und ihn dann für geschlagene drei Züge dort verweilen lassen, bis die Trantüte überhaupt einmal seine Präsenz registrierte und ihn endlich schlug, wobei er mir ein hallendes Schach bot und schließlich mit meiner zuvorkommenden Kooperation das Spiel gewinnen konnte – ich war in der Lage, ein Schachmatt hinzubiegen.

Dadurch stand die Turnierbilanz jetzt neun zu fünf für ihn, wobei er die letzten acht Partien in Folge gewonnen hatte; doch sein Gesichtsausdruck, als er sich von seinem Platz erhob, mit bleichem und unsicherem Gesicht, die kleinen Schweinsäuglein buchstäblich in Tränen schwimmend vor Erschöpfung und Demütigung (weil er wußte, daß ich ihm die Partie geschenkt hatte), reichte aus, um mir wirklich Angst einzujagen. Den Vorsprung von neun zu fünf hin oder her, Louis würde das Turnier nicht durchstehen können. Er würde vorher einen totalen Nervenzusammenbruch erleiden. Er würde die Kontrolle über sich verlieren. Er würde anfangen, mit den Figuren um sich zu werfen.

Aus diesem Grund entschloß ich mich, das nächste Spiel, das auf dem fünften Planeten des Antares-Cluster ausgetragen werden sollte, zu schwänzen. Niederlage durch Nichtantreten wäre, so dachte ich mir, die beste oder zumindest bessere Politik; sie würde den

Spielstand zugunsten meines Kontrahenten auf zehn zu fünf erhöhen und so noch für etwas mehr Spannung bei der Sache sorgen. Aber vielleicht war mein Plan, einfach nicht zum Spiel zu erscheinen, doch nicht so optimal. Ich wäre der erste überhaupt, der das zugeben würde, denn ich bin weder ein eitler noch ein übermäßig ehrenhafter Mensch (im Gegensatz zu den meisten Großmeistern, die arrogante Narren sind). Wie dem auch sei, damals schien es mir die angemessene und korrekte Einstellung. Sich drücken und Louis den Stress ersparen.

So legte ich mich nach Beendigung der vierzehnten Partie der Meisterschaft in mein kaltes und einsames Bett (denn das Zölibat während eines Turniers ist eine Bedingung für den Sieg; Schach ist ein *athletischer* Sport) im Hilton Deneb. Ich stand nicht auf, nicht einmal zu den Mahlzeiten, außer wenn ich dem Drang nachkam, mich im Bad in die große Schüssel zu erleichtern. Die Overlords haben uns immer in Quartieren mit dem größtmöglichen Luxus untergebracht, und auch dem Hilton Deneb gebrach es wahrlich nicht an Annehmlichkeiten. Das riesige Gebäude erhob sich Hunderte von Stockwerken über den an diesem Ort ziemlich trostlosen Planeten. Es war nicht nur gut ausgestattet, sondern verfügte auch über all diese kleinen Merkmale von Luxus, die mir noch immer von meinem Heimatplaneten, der Erde, geläufig sind, auf der meine Odyssee vor nicht allzu langer Zeit begonnen hatte. So konnte man zum Beispiel auf die Projektion eines großen Gebrauchtwagenhandels hinunterblikken, der Hunderte von Metern tiefer leuchtete und funkelte, wobei alle Fahrzeuge von loyalen Besuchern auf tödlichen Hochglanz poliert worden waren. Und außerdem gab es einen nicht abreißenden Strom von verführerischen humanoiden Frauen (die mir listigerweise von den Overlords zugeführt wurden).

»Du bist der größte Schachspieler des Universums, und unser Schicksal hängt nur von dir ab«, sagten sie zu mir, »wenn du nämlich gewinnst, wird unsere Spezies weiterhin blühen und gedeihen; wenn du aber verlierst, werden die Overlords per Dekret den Daumen über unser Leben senken und die tausend Jahre der Zerstörung werden anbrechen. Wir machen uns darüber jedoch keine Sorgen, weil du nämlich gar nicht verlieren kannst; aber wir würden es dennoch gerne sehen, wenn du wieder mit dir ins reine kämst«, fügten sie dann immer mit ihrem drolligen irdischen Akzent hinzu (ich war wirklich gerührt) und fielen dann über mich her, wobei sie mich mit ihren menschlichen Armen und Beinen auf höchst unangenehme und lästige Art umschlangen und ihre großen, humanoiden Brüste gegen mein Gesicht drückten (in einer normaleren Körperhaltung hätte mich das veranlaßt, über die komplexeren Potentiale einer Springergabel nachzudenken). Natürlich verscheuchte ich sie alle, einige sogar mit Bedauern. Sex und Schachturniere vertragen sich eben nicht miteinander, und es ist wichtig, beide Aktivitäten um jeden Preis auseinanderzuhalten; auf der anderen Seite muß ich jedoch gestehen, daß ich bei einigen dieser Damen fast schwach geworden wäre. Die Overlords hatten mir eine exzellente Auswahl an Damen bereitgestellt. Ohne Zweifel würden sie mit Louis in seinem Zimmer das gleiche anstellen (bei all dem Spaß, den sie selbst noch dabei hätten!), aber ich bin willensstark genug, um solch billige Ablenkungen zu ignorieren, und verjagte sie aus meiner Unterkunft. Nach dem Turnier, wenn ich das Universum gerettet habe, wird die Sache natürlich anders aussehen.

Am dritten Tag, als ich noch nicht einmal aufgestanden war, um vor der Abreise zum Antares-Cluster die Morgentoilette zu erledigen, kam der Overlord, den ich nur als *Fünf* kannte, in den Raum und wirkte dabei irgendwie herrisch (sie kennen einfach keine Privatsphäre; sie müssen eine ›Gestalt-Kultur‹ haben) und laberte mich voll, während ich noch im Bett lag.

»David«, sagte er oder es, »es ist erforderlich, daß du jetzt aufstehst. Das Schiff ist startbereit. Es sind schon alle dort und warten.«

»Mir geht's nicht gut«, erwiderte ich, ohne mich zu rühren. Die Overlords und ich haben zwar im Umgang miteinander eine gewisse Nonchalance entwickelt, aber ich gestehe, daß ich mich bei der Kommunikation mit ihnen dennoch immer etwas unbehaglich fühle. Xenophoben würden das sicher verstehen. »Ich werde nicht mitfliegen.«

»Natürlich wirst du mitkommen«, befahl Fünf. »Ich sagte bereits, daß das Schiff startbereit ist. Wir müssen uns sputen.«

»Es tut mir leid«, bedauerte ich und traf auch jetzt keine Anstalten, mich zu bewegen, »aber ich fühle mich wirklich zu schlecht, um mitzukommen. Ich fürchte, daß ich die Partie wegen Krankheit aussetzen muß. Aber macht schon mal ohne mich weiter; ich komme dann später nach.«

»Und ich fürchte, daß du nicht verstehst«, erwiderte *Fünf* auf eine Art, die ich als ziemlich ungehalten interpretierte. Er wedelte mit den Tentakeln, und sein… Körper verfärbte sich ins Purpurne. (Sie haben ein ziemlich humanoides Aussehen, diese Overlords, aber keinen Augenblick kann man vergessen, daß sie bösartige Kreaturen sind, die dieses Turnier anberaumt haben, um uns ihren Lebensstil aufzuzwingen, und überhaupt sind sie nicht gerade sehr nett. Das Purpur verstärkt den fremdenfeindlichen Affekt nur noch.) »Jetzt ist keine Zeit zum Krankfeiern, nicht, wenn du jetzt an Bord mußt und alle Austragungsorte im Sternbild schon lange ausverkauft sind. Du hast eine Verpflichtung.«

»Nein. Zum Teufel damit. Ich komme nicht mit.« Irgendwie schienen meine Worte bewirkt zu haben, daß mit einem Ritual gebrochen worden war; Schachspieler schätzen Widerstand wie kein anderer Spieler. »Ich habe einen rauhen Hals.«

»Wir werden dem abhelfen.«

»Ich habe Schüttelfrost und Fieber.«

»Dagegen kann auch etwas getan werden.«

»Ich habe sogar im Liegen Schweißausbrüche und befürchte, daß ich jetzt nicht in der Lage bin, mich mit Schachproblemen auseinanderzusetzen.«

»Schluß damit.«

»Später vielleicht«, entgegnete ich. »Vielleicht bin ich in ein paar Tagen wieder auf den Beinen. In der Zwischenzeit kann Louis ja ein Simultanturnier durchziehen. Das wird sicher ein ausreichender Ersatz für die Partie sein, und ich werde in Nullkommanichts wieder einsatzbereit sein.«

»Tut mir leid«, sagte *Fünf* und spielte noch stärker ins Purpurne. »Das ist völlig regelwidrig. Wir sind nie von der Möglichkeit ausgegangen, daß das Turnier durch Krankheit verzögert werden könnte. Ich befürchte, daß ich einen Arzt hinzuziehen muß.«

Ohne ein weiteres Wort verließ er den Raum und ließ mich mit einem unguten Gefühl im Bett zurück. Nach kurzer Zeit kam ein terranischer Arzt herein, wobei es kaum der Erwähnung bedarf, daß er ziemlichen Respekt angesichts seines Patienten hatte, und unterzog mich einer schnellen und dabei gründlichen Untersuchung, wobei er schließlich bei einer recht schmerzhaften Inspizierung des Analbereichs anlangte; allerdings legte sich der Schmerz dann und wich peinlicherweise einem Drang zum Kichern. »Ich kann leider keine Diagnose stellen«, sagte er nach Beendigung seiner Verrichtung, und *Fünf*, dem er gleich darauf Meldung machte (die Overlords schätzen Beflissenheit) brachte ihn zurück in den Raum, wobei er feststellte: »Es muß sich hier um eine Simulation handeln.«

»O nein«, erwiderte der Doktor, »es handelt sich eher um einen Fall von Neurasthenie. Seine Grobmotorik ist normal. Das könnte natürlich auch eine tödliche Krankheit sein«, meinte der terranische Arzt mit einem makabren Kichern, »aber ich betrachte mich in diesem Fall natürlich nicht als höchste und letzte Instanz.« Mit diesen Worten verließ er fluchtartig den Raum, der alte Bastard, und verlor dabei noch Zubehör aus seiner Tasche. Seit dem Beginn des Turniers hatten die Overlords natürlich die gesamte Bevölkerung der Planeten, auf denen die Spiele stattfanden, unter Kuratel gestellt, was den schlechten Nervenzustand des Doktors erklären mochte. Es ist psychologisch immer problematisch, als Mitglied einer Sklavenkaste betrachtet zu werden, aber dann hätte auch er ein Neurastheniker sein können, der bereits im Dienst der Overlords stand. Sie sprachen ja davon, über inoffizielle Mitarbeiter zu verfügen.

Fünf wandte sich mir mit einem gleichermaßen streitsüchtigen wie penetranten Blick zu und ließ das Schweigen über einen kurzen Zeitraum sich bedeutungsschwer verdichten; eine majestätische Stille legte sich über meine kleine Suite (ganz zu schweigen von dem Bett, in dem ich lag), als er jede meiner Ausführungen wohlwollend bedachte.

»Ich hoffe, daß du uns keine Scherereien verursachen willst«, meinte er schließlich.

»Nein, nein«, wiegelte ich etwas zu hastig ab, »nein, ich will die Dinge überhaupt nicht komplizieren; ich fühle mich einfach nicht wohl.«

»Bei diesem Turnier steht für uns eine Menge auf dem Spiel«, sagte *Fünf*. »Du mußt dir schließlich vor Augen führen, daß wir eure gesamten Zukunftspläne davon abhängig machen, wie du und dein Gegner abschneiden, David.«

»Ja, natürlich.«

»Ihr beide seid sorgfältig aus vielen Milliarden ausgewählt worden, das Turnier zu bestreiten, und ihr solltet uns jetzt besser nicht enttäuschen. Wir mögen nämlich keine Enttäuschungen.«

»Ich verstehe das«, meinte ich. Ich bereute schon, so überstürzt gehandelt und nicht erklärt zu haben, wie impulsiv ich zu diesem Entschluß gelangt war. Nach den Ausführungen von *Fünf* erschien es mir plötzlich als eine ziemlich dumme Idee, eine Partie durch Krankfeiern zu schmeißen, angesichts des Einsatzes, um den es ging. Aber dann wiederum, wie ich schon sagte, hatte ich mich bereits zu intensiv auf meine Haltung versteift, als daß ich sie ohne kompromittierende Konsequenzen hätte revidieren können. »Ich bin sicher, daß es mir in einem Tag oder so wieder besser gehen wird.«

»Ein Tag kommt nicht in Frage.«

»Im Grunde kann es sich auch nur um Stunden handeln«, leitete ich, immer noch störrisch, ein Rückzugsgefecht ein. »Weißt du, ich kann nicht einfach so aus dem Bett hüpfen. Vielleicht könnte die Partie ja vertagt werden …«

»Das wird leider nicht zu machen sein«, schmetterte *Fünf* dieses Ansinnen ab. »Wie du weißt, findet dieses Turnier innerhalb eines engen Zeitrahmens statt. Es sind schon Arrangements getroffen worden: Einhundertundfünfzig Milliarden intelligente Wesen aller Spezies sind über ein komplexes Kommunikationsnetz zugeschaltet, und jede Verzögerung der Spiele könnte zum jetzigen Zeitpunkt katastrophale Folgen haben. Außerdem«, ergänzte *Fünf* düster, »außerdem haben wir unsere eigenen Probleme, Zeitpläne und so weiter, die du sorgfältig berücksichtigen mußt. Wenn es bis zum Endspiel kommen sollte, muß die Serie aus einundvierzig Partien bis zu einem bestimmten Datum abgeschlossen sein. Siehst du, unser Aufenthalt in diesem Universum wirkt sich nachteilig auf bestimmte Gesetze der Entropie und Geophysik aus, mit denen ich dich jetzt nicht langweilen will. Wenn wir unseren Besuch hier überziehen, riskieren wir die Zerstörung der Struktur eures Universums, das, wie du weißt, für uns nur eine kleine und triviale Kosmologie, für euch jedoch ziemlich wichtig ist. Außerdem würden wir dann zusammen mit euch untergehen.«

»Gut«, sagte ich, »sehr gut.« Es kam mir so vor, und nicht zum erstenmal muß ich gestehen (alles, was sich jetzt ereignet, ist wenigstens zweimal schon dagewesen), daß alle Overlords, insbesondere aber *Fünf*, einen beachtlichen Hang zum Melodramatischen haben. Wie die Großmeister selbst, machen sie aus jeder Mücke einen Elefanten. Für einen Menschen in meiner Position ist es sehr schwierig, etwas vereinfacht ausgedrückt, Schach um die Zukunft des Universums zu spielen, aber das tangierte die Overlords überhaupt nicht. Ich steckte also in einem Dilemma.

»Gut«, sagte ich noch einmal, warf die Unterlagen reichlich zickig herum und versuchte dann, mich aufzusetzen, »wenn du es so siehst, werde ich versuchen, das Spiel zu machen. Aber ich muß dich darauf hinweisen, daß ich nicht in bester Form bin und die Partie mit erhöhter Wahrscheinlichkeit verlieren werde. Vielleicht werde ich sogar eine ganze *Serie* von Partien abgeben. Um erfolgreich zu spielen, muß man in physischer Topform sein, wie du weißt; ich kann dir also kaum ein faires Turnier versprechen.«

Die Overlords glauben nämlich an Fairness. Ihr Moralcodex ist ansonsten zwar kaum entwickelt, aber sie haben von Anfang an darauf bestanden, daß es sich hier um ein faires Turnier handeln müßte, eine saubere Partie, daß wir mit Herz und Verstand bei der Sache sein sollten, weil die ganze Übung sonst keinen Zweck hätte. Deshalb wußte ich, daß ich *Fünf* damit an einem neuralgischen Punkt treffen würde.

»Sehr gut«, meinte er und wirkte tatsächlich erschüttert. »Wir werden das berücksichtigen, die Tatsache deiner Krankheit, und daß du vielleicht nicht mit maximaler Spielstärke antreten kannst. Aber trotz allem … das Turnier muß weitergehen.«

»Nur wenn ich dazu in der Lage bin.«

»Ungeachtet deines Gesundheitszustandes.«

»Vielleicht solltest du das erst mal mit den anderen abklären. Sie könnten ja einem Aufschub zustimmen.«

»Mir ist nicht bekannt, daß es erforderlich ist, andere zu konsultieren«, erwiderte *Fünf* in ziemlich scharfem Ton. »Die Entscheidungen werden ausschließlich von mir getroffen; in der Gesellschaft, die wir entwickelt haben, gibt es nur einen, der entscheidet, keine Gefolgsleute oder Komitees, und ich bin sehr wohl in der Lage, eine Entscheidung zu treffen, die für uns alle verbindlich ist. Du wirst also antreten«, schloß *Fünf* mit dem gleichen Anflug kontrollierter Hysterie, die ich schon bei dem behandelnden Arzt festgestellt hatte, »du wirst die Partie spielen! Das Turnier geht weiter!« Er erhob sich abrupt und verließ den Raum mit einer ziemlich uneleganten Hektik, wobei er die Tür in der Brise von Deneb zufallen ließ, die durch den Flur wehte.

Na gut; langsam und lustlos begann ich die Morgentoilette, um mich auf den Abflug zum Antares-Cluster vorzubereiten. Ich war der Ansicht, daß es nicht fair von *Fünf* war, die Sache so diktatorisch zu handhaben, aber andererseits wurde mir in der visionären Gleichzeitigkeit, die nur dem wirklich großen Geist vorbehalten ist, klar, daß das Turnier weitergehen mußte, die lange Serie von Spielen, die schließlich zu einem Ergebnis führen mußte; und daß, wenn man auf einer derart hohen Kausalebene agiert, persönliche Erwägungen manchmal in den Hintergrund treten müssen. Persönliche Erwägungen. Nach diesem Gedankengang begann ich mich besser zu fühlen, und bald war ich angekleidet, hatte meine Toilette beendet (ich hatte gepinkeltt, geräuschvoll geschissen und gegurgelt, um präzise zu sein), und danach ging ich nach draußen, um einige bestimmte Overlords zu suchen – *Sechs, Drei, Sieben und Einundzwanzig*, glaube ich – die auf mich warteten. Sie brachten mich schnell zum Raumhafen. Obwohl ich vom Start weg ziemlich heftig vor mich hinschmollte, merkte ich bald, daß sich mein Enthusiasmus und meine Selbstsicherheit wieder einstellten. Auf halbem Weg des langen Fluges hatte ich den Taschen-Schachcomputer, den ich immer bei mir trug, hervorgeholt und arbeitete eine Reihe von Varianten der Nizimov-Indischen Verteidigung durch, an der ich in der siebten Partie gescheitert war. *Nimzo*-Indische Verteidigung, ich bitte um Entschuldigung, sehr schwierig, all diese mysteriösen Formeln immer auf der Zunge oder im Kugelschreiber zu haben.

In anderen Worten, mich zu dieser fünfzehnten Partie zu bewegen, war schwierig für die Overlords. Noch schwieriger für sie war jedoch die Entscheidung, die ich während des Fluges getroffen hatte: Da sie nicht mit mir kooperieren wollten, würde ich es ihnen eben mit gleicher Münze heimzahlen.

Meine ursprüngliche Absicht, gut und edel, wie jeder weiß, war, dieses Turnier bis zum einundvierzigsten Spiel durchzuziehen, bis zum letztmöglichen Moment. Ich habe nichts gegen diesen Sektor des Universums und die Lebensweise, die mein Gegner repräsentiert. Ich gestehe ihr die gleiche Wertigkeit wie meiner Seite zu, und der Alptraum von Milliarden unschuldiger Lebewesen, die ungeheuerlicherweise von den arroganten Overlords abgeschlachtet wurden, nur weil ihr Repräsentant ein schlechter Schachspieler war... dieses Szenario von Ungerechtigkeit, Barbarei und Irrsinn betrübte mich am meisten. Die Apokalypse mag ein geheiligter Vorgang sein, aber dabei fließt viel Blut.

Also wollte ich ihre Lebenserwartung so lange hinziehen wie nur möglich. Warum auch nicht? Ebenso wollte ich den Overlords jede nur denkbare Chance einräumen, sich selbst auszulöschen – vielleicht würden die verdammten Spiele dann einfach abgesetzt. Vielleicht würden sich die Overlords auch genauso unerwartet aus unserem Universum verabschieden, wie sie sich eingestellt hatten. Sie redeten immerzu von ihren Gesetzen der Entropie und mysteriösen geophysikalischen Kräften; vielleicht könnte eine Verlängerung ihrer Präsenz in ihrer Vernichtung resultieren. Hoffe ich wenigstens. Zumindest schien es eine vernünftige Idee zu sein, und ich wollte nach Möglichkeit bis zum Ende gehen, bis zur einundvierzigsten Partie, um dann als Turniersieger dazustehen und diesem Alptraum Zeit zu geben, sich aufzulösen. Klingt doch vernünftig, oder?

Aber Schluß damit. Ich habe diese Entscheidung jetzt getroffen.

Ich werde mein Leben ändern: Wenn die Overlords sich weigern, meinen Standpunkt zu tolerieren, wenn mein Pechvogel von Gegner weiterhin auf der Verliererseite bleibt, wird die Verantwortung schließlich von meinen Schultern genommen werden. Meine letztendliche Verantwortung gilt schließlich der Hälfte des Universums, die zu repräsentieren ich aufgerufen worden bin: Die Kräfte der Mäßigung, des Lichts, der Vernunft, der Gerechtigkeit, der Mitmenschlichkeit etc., und ich muß präzise zwischen den Polaritäten differenzieren. Deswegen wird die Entscheidung, die ich auf dem Flug nach Antares getroffen habe, umgesetzt werden; von nun an spiele ich voll auf. Ich habe vor, meinen Gegner auch in seiner Eigenschaft als Repräsentanten der verdammten Overlords (sie sind genauso Louis' Schuld wie auch meine) zu zerstören, zu zertrümmern, zu pulverisieren, zu demütigen und dann dieses elende Turnier zu beenden. Ich liege mit fünf zu neun Partien hinten: Ich will mit einundzwanzig zu fünf gewinnen. Noch sechzehn Partien, zweiunddreißig Tage, und das Turnier wird vorbei sein. Nachdem meine Geduld bis an die Grenzen strapaziert worden ist, lautet meine einzige Überzeugung jetzt wie folgt: Meine Herren, ich werde meinen Verpflichtungen nachkommen.

Hier bin ich also. Ich bin hier im Antares-Cluster, einem weiteren von diesen verdammten planetarischen und stellaren Austragungsorten, die unser Turnier, wie ein irres, heruntergekommenes Mitglied eines abgesetzten oder diskreditierten Königshauses, in diesen Wochen abgeklappert hat. Von Saturn nach Alpha Centauri, von Sirius zu den Plejaden sind mein Gegner und ich gewandert, umgeben von Schachspielen, Schachbüchern, Overlords, Reisebegleitern, Reportern, Roadies, Technikern und Ausrüstung, über ungezählte Lichtjahre. Unser kleiner Wanderpuff hat uns die ersten fünfzehn von einundvierzig Partien der Universums-Meisterschaft begleitet.

Auf Saturn hatte sich mein Gegner eine Erkältung eingefangen; der Idiot schniefte und rotzte, wobei die Nase, wegen des ständigen Popelns mit einem zittrigen Zeigefinger rot angeschwollen war. Auf Beteigeuze erforderte der Ausbruch einer seltsamen Epidemie, welche die Genitalien gelblich verfärbte und austrocknen ließ (nähere Einzelheiten dazu interessierten mich auch nicht), daß wir in strenger Quarantäne spielten. In den Plejaden rastete ich wegen eines verbockten Fianchettos aus und suchte Trost im Suff. Auf *Dog Star* verschied ein Schiedsrichter mitten in der Partie, wobei er ein seltsames Bellen ausstieß (passend zur Bezeichnung des Sterns) und in einem Anfall von Faulbrand auf dem Fußboden kollabierte, inmitten einer kleinen Wolke von Ersatzschachfiguren, mit denen er gespielt hatte … oh, dieses Turnier war gespickt mit Zwischenfällen, aber eigentlich war es doch monoton, eine Wiederholung von Konstanten, die gleichen Austragungsorte, die gleiche absolute Begrenztheit des Raumes.

Es war früher schon so gewesen, deshalb war ich darauf vorbereitet. Als die Schichten meiner Erinnerung abblätterten, wie wenn ein erlegtes Tier abgehäutet wird, erkannte ich die Parallelen: In der einen Woche Rio de Janeiro, in der nächsten Moskau; ein Zwischenstop in Bern für die *Interzonals* und ein Turnier in Nord- und Südamerika. Dann rauf nach Island zu einer Simultanpartie (zweihundertfünfzig Dollar plus Spesen), nach Polen, um dem Viertelfinale der Jugendmeisterschaft als Beobachter beizuwohnen und ein paar Vorträge zu halten; hier wie dort die gleichen Schachfiguren, die gleichen verrückten, blinzelnden Augen, die einen über das Brett hinweg anschielten. Sicherlich ist der Rhythmus des Lebens heutzutage intensiver und psychotischer geworden. Es ist eine Sache, sich in einer *Welt* zu bewegen, die quasi zu einem Dorf geworden ist, aber ich rede jetzt vom Universum selbst.

Das Leben geht jedoch weiter, und jetzt sind wir hier im Antares-Cluster.

Wir sitzen hier vor diesem riesigen Publikum, mein Gegenspieler und ich, wobei sich unter dem ungesunden Weiß von Louis' Teint kleine rote und blaue Korpuskel bewegen, während er sich in einer Art zitternder Konzentration auf das Brett fixiert. Seine Finger verkrampfen sich. Ich kenne Louis schon fast mein ganzes Leben lang, aber seit dem Beginn dieses Irrsinns hat in der Tat eine Depersonalisierung eingesetzt, und jetzt fällt es mir schwer, ihn als alten Louis, dummen Schweinelouis zu betrachten. Er ist nur der Gegner, obwohl die Overlords ständig versuchen, über die Medien auch auf den menschlichen Hintergrund einzugehen und Berichte sowohl über unsere privaten Gewohnheiten als auch über das Verhältnis veröffentlichen lassen, das mutmaßlich in unserer Jugend zwischen uns bestanden hatte. Sie machen Fotos und fragen nach persönlichen Vorlieben; manchmal könnte ich zuviel kriegen. Ich will jetzt nicht an meinen inneren Schweinehund denken – es ist der Killerinstinkt, der bei einer Schachmeisterschaft zählt – und so betrachte ich nur seinen dunklen kleinen Körper auf der anderen Seite des Bretts. Eine schwache, tödliche Aura der Entschlossenheit liegt über seinem runden, seriösen Gesicht.

Gut, die Schachuhr weist ganze zwanzig Minuten aus, die er sich für seinen Eröffnungszug Zeit genommen hat: Dieser Vorgang ist fast ohne Beispiel. Es ist wohl möglich, sich zwanzig Minuten zu genehmigen, um auf einen Eröffnungszug zu *antworten*, aber wenn man den ersten Zug hat, ist es üblich, den Angriffsplan schon am Vorabend zu erarbeiten und dann energisch und dynamisch loszulegen, um einen Zeitbonus zu gewinnen, der dann im späteren Spielverlauf sinnvoller eingesetzt werden kann. Dessen ungeachtet war Louis in Konfusion verfallen; es ist klar, daß er sich nicht wohl fühlt – er hat jetzt einen Gesichtsausdruck wie ein gutmütiger Volltrottel. Als er die Halle betrat, mußten ihn einige Overlords abwechselnd zum Tisch schieben und ziehen, wobei sie nervös mit den Tentakeln herumwedelten, und als er schließlich auf seinem

Stuhl zusammensackte, war ich sicher, daß die Overlords (und ein Publikum von vielen Milliarden) den Eindruck bekamen, daß der Mann wahrscheinlich sehr krank war.

Tatsächlich wartete ich darauf, daß ein Arzt, vielleicht sogar der, der mich untersucht hatte, die Bühne betreten und ihn behandeln würde, aber weit gefehlt, Louis saß allein da, und niemand kümmerte sich um ihn, und ich war allein, und um mich kümmerte sich auch niemand. Und nach langer Zeit fuhr Louis' alte und gichtige Hand einen Zeigefinger aus, und er schubste auf seine bekannte Art einen Bauern nach vorne, wobei er die Augenbrauen hob und mich nach dem Zug mit einem leicht irren, entschlossenen Blick ansah, und in diesem Funkeln erkannte ich seinen gewitzten Plan. Er wollte mich durch eine Verzögerungstaktik nervlich fertigmachen.

Die Geschichte von meinem Zusammenbruch mußte auch an sein Ohr gedrungen sein – wie hätte es auch anders sein sollen? Wir reisen alle gemeinsam, obwohl die Overlords uns natürlich in strikt getrennten Quartieren unterbringen – und er wollte das jetzt in der Hoffnung ausnutzen, daß ich auf der Bühne und vor ungefähr fünfundfünfzig Milliarden Zuschauern zu Boden gehen würde. Wirklich echt raffiniert von ihm! Aber selbstverständlich würde das *nicht* eintreten. Ich hatte nicht umsonst vierzig Jahre lang auf höchster Ebene an Turnieren teilgenommen; nicht umsonst hatte ich alle Tricks und Manöver unseres tödlichen Spiels erlernt. Ich starrte den Narren jetzt meinerseits ausdruckslos an, und bald begann sein Gesicht wie eine verwelkende Blume einzufallen, bis es sich zu einem einzigen Ausdruck der Pein reduziert hatte, und dann fixierte ich das Brett, verdrängte ihn aus meinen Gedanken und konzentrierte mich voll auf das Spiel. Ich würde ihn jetzt vernichten.

e2–e4.

Er eröffnete tatsächlich wie immer mit seinem Königsbauern. Dann würde er sobald wie möglich versuchen, in die Ruy Lopez-Variante zu wechseln, und soweit ich zurückdenken kann, kenne ich diesen Vorgang nicht nur aus der Realität, sondern sogar aus meinen Träumen: Der ganze Ablauf, ja sogar der *Geruch* seines Spiels ist mir schon im Traum erschienen. Wenn ich seinen kompakten Schädel und die ausdruckslosen Augen betrachtete, war es, als ob ich dahinter die absolute Entschlossenheit sehen würde, und das erschreckte mich. Darauf war ich nicht vorbereitet.

Es war, als ob ich einen Blick auf die ganze Vernetzung der Möglichkeiten werfen würde, die unser Leben bestimmt und die sich durch die tote oder absterbende Gehirnmasse zieht, die in seinem Schädel eingeschlossen ist, und mir wurde übel unter der Last der Erkenntnis. Ich mußte meine Aufmerksamkeit wieder dem Spiel zuwenden, was ich in unregelmäßiger Konzentration auch tat, bis die Übelkeit wich und ich wieder im Vollbesitz der Konzentration meinen Angriff planen konnte.

Ein Raunen geht durch die große Halle. Wie in der Übergangsphase zum Schlaf registriere ich das als Schallwellen: Manchmal anschwellend, manchmal zurückweichend tragen sie mich immer weiter in den Mittelpunkt aller Möglichkeiten, ein Stimmenmeer, das mich ständig umgibt und weiterträgt. Ich bin mir seiner Existenz voll bewußt, aber es gibt Phasen – wie jetzt – wo es über mir zusammenschlägt, und deshalb schaue ich vom Brett auf und sehe dorthin, starre in dieses weite, dissonante Summen, die amorphen Formen im Hintergrund und wünsche mir, daß sie endlich still wären.

Ich möchte vom Tisch aufspringen, fluchen und erneut ausrasten, aber ich kann es nicht. Ich kann mir nicht noch eine Szene erlauben, wenn ich mir nicht den Makel der Labilität zuziehen will. In den ersten Spielen hatte ich zum Beispiel ständig protestiert. Ich hatte mich über den Lärm des Publikums beschwert, über die Lichtverhältnisse, über das Verhalten der Schiedsrichter, hatte das Gewicht der Spielfiguren beanstandet und damit gedroht, das Turnier abzubrechen, wenn meine Bedingungen nicht erfüllt würden, hatte nicht genehmigte Interviews gegeben etc. – aber durch keine dieser Einlagen hatte ich mehr als ein paar Momente der Ruhe und des Respekts gewinnen können, bevor der bestürzende Mangel an Manieren wieder zum Tragen kam. Ich befürchte, daß ich in diesen frühen Spielen manchem Zuschauer den Eindruck vermittelt habe, verrückt zu sein. Man rückte mich in die Nähe zur Psychopathologie; ich versetzte die Menschen in Furcht, die darauf vertrauten, daß ich ihre Spezies bewahren würde. Das war unfair, denn ich bin überhaupt nicht impulsiv, nur ein gutmütiger, wenn auch ziemlich eigenbrötlerischer Typ, der immer in der Lage sein muß, sich zu *konzentrieren* ... aber wenn der Ruf erst mal angekratzt ist, muß man doppelt vorsichtig sein, und deshalb mußte ich nach diesen schwierigen ersten Partien auf vielfältige Art demonstrieren, daß ich eben nicht mit den Nerven am Ende war.

Autogrammstunden in der Lobby, Interviews für die galaktische Presse und das Aufsetzen eines freundlichen Gesichts in der Öffentlichkeit zum Zwecke einer wohlwollenden Presse bewirkten, daß die Leute meine früheren Vorstellungen vergaßen. Das war meine Hauptsorge. Ob es erfolgreich war oder nicht, auf jeden Fall ist es jetzt für mich zu spät, mir darüber noch Gedanken zu machen. Eher schotte ich mich geistig ab, was ich seit dem Alter von acht Jahren, als meine Schachkarriere begann, konnte, und widme meine ungeteilte Konzentration dem Brett. Dazu muß ich immer in der Lage sein.

Bei dieser Konzentration registriere ich kaum, daß Louis seinen Platz verlassen hat und hinter der Bühne herumwandert, wie wir beide das tun, um an dem Wein zu nippen, der zu unserer Erfrischung bereitsteht und dann von den aromatischen Käsehappen zu probieren und der Fauna von hunderttausend Welten – der Vielfraß. Niemand frißt so wie er; er ist ständig am Rülpsen. Aber ich muß entscheiden, was mit dem verdammten Königsbauern geschehen soll, einer Eröffnung, die fünfzehnhundert Jahre nach der Erfindung des Spiels noch immer nicht bis zu den Grenzen ihrer Möglichkeiten ausgereizt ist. Schach ist eine Falltür in die Unsicherheit; Standarderöffnungen halten diese Tür hingegen geschlossen. Vielleicht haben die Overlords ein ähnliches Problem.

Sicher müssen sie auch jetzt, bei der fünfzehnten Partie des Turniers, seit Monaten mit dieser Situation gelebt haben; es ist in der Tat schwierig, ihre Absichten zu deduzieren: Ob sie, wie sie behaupten, die Kontrolle über die Unendlichkeit der Raumzeit ausüben (von der unser Universum nur ein winziges Segment darstellt) oder ob die Overlords erschreckenderweise nur die Agenten einer *anderen* Spezies sind, von der wir nichts wissen und die bloß die Bürokratie dieser purpurnen Kreaturen nutzt, um eine ›Amtshandlung‹ zu vollziehen. Ich habe kürzlich derartige Überlegungen angestellt; das ist sicher psychotisch. Ich kann mich dieser Sichtweise zwar nicht anschließen, aber das spielt sowieso keine Rolle; das Resultat wird dasselbe sein, Louis wird verlieren.

Dennoch wäre es besser, wenn ich wüßte, ob die Overlords auch das waren, wofür sie sich ausgaben, und nicht nur eine kosmische Abordnung von Beamten, die angerückt waren, um sich mit einem banalen Problem in der Provinz zu befassen. Diese Spekulation wird jedoch nicht weiter verfolgt. Nicht jetzt. Nicht mitten in einer komplexen Ruy Lopez-Variante. Abhaken. Ich bedauere ohnehin, daß ich mich überhaupt darauf eingelassen habe.

Königsbauer

Damals, als ich einundzwanzig war und damit einer der jüngsten Großmeister, hielten es ein paar von den anderen für witzig, eine Prostituierte in meinem Hotelzimmer zu plazieren und mich so in die Wunder des Sex einzuführen. Natürlich durchschaute ich ihren Plan und war auch selbst dazu bereit. Deshalb ließ ich die Tür unverschlossen und offen, so daß ihre Prostituierte leise eintreten konnte, ohne ungebührliche Aufmerksamkeit zu erregen.

Dennoch mißbilligte ich ziemlich die Art, in der sie mich als naiven Deppen behandelten und habe ihnen diese Episode auch nie vergeben, obwohl ich schon weiß, worum es ihnen ging. Warum auch nicht?

Sie war ein hübsches Nüttchen Anfang Dreißig: Hochhackig und mit einem Koffer, den sie schon öffnete, bevor die Tür noch ganz geschlossen war, und der ein erstaunliches Sortiment an Peitschen, Leder, Stacheln, Reizwäsche und anderen fetischistischen Freuden enthielt. Ich hatte mich damals schon gründlich in die erotische Literatur eingearbeitet und konnte all diese Requisiten einordnen. »Bist du noch Jungfrau?« erkundigte sie sich, trat die Tür zu und legte die Kette vor. »Das hat man mir nämlich gesagt. Jungfrauen machen am meisten Spaß.«

»Ich bin keine Jungfrau mehr«, log ich, »aber ob ich eine bin, ist auch kaum die Frage. Die Frage ist vielmehr, was du hier in meinem Zimmer willst.«

Ich ging zu dem unvermeidlichen Taschen-Schachcomputer, der sich zu diesem Zeitpunkt mitten in einer Wiederholung der Unsterblichen Partie befand, wobei die Dame von Andersson gerade zu diesem meisterlichen Opfer auf die siebte Reihe vorgestoßen war. »Ich bereite mich auf eine Partie vor.«

»Ein paar von deinen Freunden haben mir gesagt, daß ich kommen sollte.«

»Gut«, erwiderte ich, »aha, gut, sie hatten zwar keinen Anlaß dazu; ich bin nämlich ganz glücklich und zufrieden und glaube nicht, daß das eine gute Aktion ist.« Das Hotel befand sich in Bern, glaube ich, obwohl es schwierig ist, sich bei solchen Sachen sicher zu sein. Wie ich schon sagte, tendieren die Dinge dazu, ineinanderzufließen, zumindest im Rückblick, und eine Stadt ist wie die andere, wenn man auf Großmeister-Tournee ist. »Du solltest wohl besser verschwinden«, meinte ich, »komm, mach die Mücke.«

»Aber das kann ich nicht«, entgegnete sie störrisch. »Ich meine, ich kann das nicht machen. Sie haben mir hundert D-Mark dafür gegeben, daß ich hierherkomme und nochmal fünfundsiebzig versprochen, wenn ich ihnen erzähle, was sich getan hat. Sie haben mir aufgetragen, es dir gut zu machen.« Der Trotz verwandelte sich in Unmut, und sie machte eine grazile Bewegung mit dem Fuß.

Dieses Eingeständnis, so ganz ohne Herzenswärme, ließ mich frösteln. Hielten sie mich denn für so naiv? Wußten sie denn nicht, daß ich dank meiner analytischen Gaben schon lange anhand bildlicher und schriftlicher Pornographie die Bedeutung und Abläufe des Geschlechtsakts deduziert und im Geiste nachvollzogen hatte? Sie wollten mich für dumm verkaufen, und ich mag es nicht, wenn man mich für dumm verkauft; insbesondere deswegen nicht, weil ich, wie ich mich erinnere, damals bei den *Interzonals* mit fünfeinhalb zu zweieinhalb Punkten in Führung lag und nur noch zwei leichte Partien gegen die Konkurrenten Barker und Still zu absolvieren hatte. »Ich befürchte, daß du ins falsche Zimmer geschickt worden bist«, sagte ich. »Ich weiß alles über Sex und will ihn sicher nicht kaufen.«

Das mußte ziemlich gewichtig geklungen haben, denn ihre Haltung wurde defensiv. »Was glaubst du denn, wer ich bin?« fragte sie und klappte den Wunderkoffer zu. »Und was glaubst du, ist das?«

»Na schön, in Ordnung«, erwiderte ich mit einem Anflug ungewohnter Zärtlichkeit. So fühle ich mich immer, wenn ich einen Gegner zerstört habe. »Es tut mir wirklich leid.«

»Du mußt mich wohl für eine Hure halten«, unterstellte sie in exzellentem Deutsch (ich bin nämlich polyglott) und trat zurück, wobei der Koffer wie ein Hodensack an ihrer Hand baumelte. »Du glaubst wohl, daß sie mich aus dem kranken Anlaß der Prostitution auf dein Zimmer geschickt haben und nicht der Erziehung wegen. Ich bin gedemütigt; du hast meine Eltern und meine Vorfahren beleidigt...« (An dieser Stelle versagt meine Fähigkeit zur Transliteration; sie hat wohl nicht derart formell gesprochen). »Ich kann es nicht länger ertragen, auf diese Weise von einem jungen Herrn behandelt zu werden.« Sie wollte die Tür öffnen, wurde aber ein Opfer ihrer eigenen Schläue, denn die von ihr verschlossene Tür ging natürlich nicht auf, und statt eines grandiosen Abgangs wurde sie zu einer peinlichen Konfrontation gezwungen. »Sehr gut«, sagte sie und hielt den Koffer verlegen vor sich, »du kannst mich jetzt rausschmeißen.«

»Ich werde nichts Derartiges tun«, erwiderte ich. »Es ist mir überhaupt nicht in den Sinn gekommen, dich rauszuschmeißen.« In diesem Moment überkam mich eine höllische Wut, Wut auf die anderen Großmeister, die mich für einen naiven Trottel hielten, Wut auf diese Frau, die mich für irgendeinen irren Fetischisten hielt, Wut auf meine eigene Unerfahrenheit und die Präferenzen, die mich, wie ich jetzt zum erstenmal erkannte, vom wirklichen Leben abgehalten hatten. »Ich werde es mit dir tun«, kündigte ich an und schälte mich umgehend aus der Kleidung, einem glänzenden Freizeitoverall. Ich öffnete den Reißverschluß und stand im nächsten Augenblick nackt vor ihr, und was ich immer gerne als meinen Königsbauern bezeichne, versteifte sich und schlug unter mir wie die Schwingen eines kleinen Vogels auf dem Weg zu seinem Nest. Ich drückte meine großen, Bärentatzen vergleichbaren Hände gegen sie und bugsierte sie zum Bett. Der Koffer fiel ihr aus der Hand, prallte wie ein Sprungball auf den Boden, und dann gab ein Schloß nach, worauf das ganze Arrangement herausströmte: Irgendwelche Gummihüllen, Federn, ein Dildo, eine künstliche Brust. »Ich werde dir meine Potenz beweisen«, versprach ich ihr. Ich zog sie auf das Bett, ging ihr mit zittrigen Händen an die Wäsche und schaffte es nach etlichem Fummeln und Zerren, sie zu entblößen.

»Du respektierst meine Ehre nicht«, lautete ihre nur unzulänglich wiedergegebene Beschwerde. »Ich glaube nicht, daß ich zulassen kann, daß so libertär mit meiner Person oder meinem Körper umgegangen wird.« Aber zu spät, zu spät, sie lag nackt unter mir, nackt über mir und auf mir und unter mir, unsere Körper umschlangen einander wie Bauern, die in der Mitte des Spielfeldes schräg aufeinandertrafen, und ich spürte, wie ihr Damenbauer unter mir sich zu entwickeln begann, wobei mein Königsbauer sich zielstrebig in sie hineinwand.

»Soviel dazu«, meinte ich, als es getan war, als sich mein Bauer jetzt auf die sechste Reihe zurückzog und ihre Dame vom Brett gewischt war, »soviel zur ganzen

Sache, jetzt kannst du deine Ausrüstung nehmen und gehen.« Ich verspürte ein massives Desinteresse in mir, als wir uns voneinander lösten. Ich ging sofort zum Schachcomputer hinüber und arbeitete mit exzessiver Konzentration die letzten Züge der Unsterblichen Partie ab, ohne sie zu beachten, als sie sich wieder anzog, den Koffer packte und so weiter. Ich behielt meine indifferente Pose bei, als sie zur Tür ging, an den Schlössern hantierte und schließlich die Tür zum feuchten Korridor öffnete. »Ich werde ihnen sagen«, meinte sie, »was du mit mir angestellt hast«, und dann ging sie schnell und ließ mich mit meinem Kram allein. Meine prononcierte Gleichgültigkeit legte sich erst, als ich definitiv sicher war, daß sie nicht mehr auf dem Flur war. Ich ging zur Tür, legte mein ganzes Gewicht dagegen und drückte sie in intervallartigen Stößen zu wie ein Nagetier; dann ließ ich die Schlösser einschnappen und legte mich ins Bett, wo ich mich noch für eine Weile konvulsivisch schüttelte und schließlich zu dem Schluß kam, daß es am besten wäre, wieder den Freizeitanzug anzuziehen und nicht mehr daran zu denken.

Nach einiger Zeit, ich glaube es war am nächsten Tag, fragten mich meine Kollegen ziemlich scheu und mit vielen verstohlenen Blicken, wie ich den Abend verbracht hätte, und ich erwiderte, daß es in Ordnung gewesen wäre, ich aber immer noch Schach bevorzugen würde (was nur zur Hälfte gelogen war, weil ich Schach überhaupt vorzog). Dies ereignete sich ungefähr dreißig Jahre und zwei Monate bevor die Overlords mich zu meiner großen und finalen Mission einbestellten, und ich habe das nur angemerkt, um mit einem dieser persönlichen Aspekte aufzuwarten, die, wie mir versichert wurde, so wichtig zur Aufrechterhaltung des Interesses der Menschen seien. An sich war das Ereignis unbedeutend.

e7-e5

Dieser Zug stellt eine Standardantwort in der Ruy Lopez-Variante dar; dennoch ist er ein Manöver mit brillanten Möglichkeiten. Mit ihm kann man das gefährliche und riskante Damengambit vermeiden, das einem immer einen heiligen Schrecken einjagt, ob man es nun annimmt oder ablehnt; er dient als Sperre gegen das gefährliche Vorrücken des Bauern auf **e5**; und außerdem ist er ein Indikator für die Bereitschaft, die Sache auf den Punkt zu bringen, ohne indessen irgend etwas zu riskieren. In Situationen wie dieser ist er mein bevorzugter Zug, und in den einschlägigen Fachzeitschriften sind schon viele Artikel darüber erschienen, daß ich durch das Vorrücken des schwarzen Bauern auf **e4** das höchste Entwicklungspotential in diesem Jahrhundert realisiert habe. Aus diesem Grund sowie aus vielen anderen müssen die Overlords mich dazu ausersehen haben, die Kräfte des Lichts zu repräsentieren.

Die Art und Weise meiner Erwählung bedarf vielleicht noch einer näheren Betrachtung. Damit die Leute mit meiner Position sympathisieren und die Auseinandersetzung engagiert verfolgen, kann auf solche Hintergrundinformationen nicht verzichtet werden, und ich bin in dieser Hinsicht immer gerne zu einem Entgegenkommen bereit. (Ich sollte vielleicht noch hinzufügen, daß diese Aufzeichnung direkt aus dem Mikro stammt, das vor dem Beginn des Turniers in meinen Hals implantiert wurde, damit das ganze Universum und die Overlords nachträglich an meinen Überlegungen und Erinnerungen teilhaben können; sozusagen eine Spielaufzeichnung. Alles, was ich tun muß, ist, in einem hochfrequenten, unhörbaren Ton zu mir selbst zu sprechen, und mittels eines HighTech-Wunders wird dann alles authentisch von einem auf Sirius stationiertem Expertenteam transkribiert. Soviel hat man mir gesagt.)

Tatsächlich hatte mich die Vorladung der Overlords ziemlich beunruhigt, aber ich konnte verstehen, daß es nicht anders gegangen wäre. In einem Moment war ich noch im Schlafanzug in Warschau, gähnte und kratzte mich und ging in Gedanken nochmal alle Abschnitte des Tages durch, der mich in eine saubere Angriffsposition direkt hinter Still gebracht hatte (dessen Spiel sich in dreißig Jahren und zwei Monaten enorm gesteigert hatte). Im nächsten Augenblick befand ich mich dann in irgendeinem feuchten Camp, über dem ständig Nebel hing, und stand einer purpurfarbenen, tentakelbewehrten Kreatur gegenüber, deren recht menschliche Augen mich gleichmütig, aber dennoch zufrieden ansahen. »Aha«, bemerkte die Kreatur, »ich sehe, daß der Kontakt hergestellt worden ist, und das keinen Augenblick zu früh, möchte ich hinzufügen.« Das Wesen murmelte zufrieden vor sich hin (oder zumindest zog mein anthropomorphisches Bewußtsein den Schluß, daß es sich hierbei um ein zufriedenes Murmeln handelte; es hätte genausogut ein mißbilligendes Grummeln ob meines Auftritts sein können, obwohl man das nur schwer sagen kann). Der eigentliche Punkt ist, daß dieses Wesen ziemlich abstoßend und erschreckend war, und es bedurfte meiner ganzen Selbstkontrolle und inneren Stärke, Qualitäten, die in einunddreißig Jahren internationalen Großmeisterschachs gereift waren, nicht die Kontrolle in dieser

Leere zu verlieren und mich selbst zu erniedrigen. »Setz dich«, ordnete die Kreatur an.

»Wo bin ich?« fragte ich. »Und wer bist du, und was geht hier vor, und was soll das alles, etcetera?« Allesamt Routinefragen, Fragen, die man von einem erstaunten und irritierten Bewußtsein erwarten würde, aber ich muß gestehen, daß die Erkundigungen reichlich lau klangen, und in der Tat hatte ich nicht mehr Interesse an den prospektiven Antworten als das Wesen an ihrer Beantwortung hätte haben können, denn es wirkte doch ziemlich abwesend. »In Ordnung«, meinte ich dann ziemlich schnippisch, »sei's drum. Du brauchst mir nichts zu erzählen. Ich will dich nur darüber informieren, daß ich, wenn ich morgen nicht antreten kann, nicht nur die beste Chance verliere, die ich jemals hatte, zu den *Interzonals* aufzusteigen, sondern ihre ganze Planung über den Haufen werfe. Partien werden durch Abwesenheit verloren; das Publikum wird enttäuscht sein; schon verbuchte Einnahmen müssen zurückerstattet werden, und die verarmten Großmeister von Warschau werden ihr weiteres Leben in Schande verbringen müssen.«

Während dieser Ansage verschränkte ich recht verdrießlich die Arme und starrte in den Nebel, um irgendein bekanntes Objekt oder eine Landmarke zu finden, anhand derer ich meine Position ermitteln konnte, doch es war hoffnungslos. Es ist schwer, die Umgebung zu beschreiben, außer der Feststellung, daß sie wenig Terrestrisches an sich hatte (ich kann das jetzt doppelt bestätigen, nachdem ich die Möglichkeit gehabt habe, die außerirdischen Artefakte des Universums näher zu untersuchen). »So ist es«, sagte ich, schloß die Augen und öffnete sie umgehend wieder, als ein greller Lichtstrahl auf die Linsen traf und sie schmerzhaft durchfuhr.

»Es tut mir leid«, sagte die Kreatur in ihrem perfekten, wenn auch ziemlich monotonen Englisch, »aber du kannst nicht zurück. Unsere Zeit ist sehr knapp bemessen, und obendrein liegen wir schon beträchtlich im Zeitplan zurück. Ich bin hier, um dich davon in Kenntnis zu setzen, daß du für ein wichtiges Schachspiel ausgewählt worden bist, von dem die Zukunft des Universums abhängt. Du kannst mich *Eins* nennen, weil ich der erste Vertreter meiner Spezies bin, den du kennengelernt hast. Es werden noch weitere kommen, und in unserer Gesamtheit kannst du uns als *Overlords* bezeichnen.« Danach verlegte sich das Wesen auf die Ausführung von Details, die ich bereits dargelegt habe: die Tatsache, daß das Universum an einem kritischen Punkt seiner Entwicklung angelangt sei und daß die Overlords es für wichtig hielten, eine beschleunigte Entscheidung herbeizuführen; die Tatsache, daß das Universum, so wie es für meine Intelligenz faßbar war, in einem permanenten Kampf zwischen den Kräften des Bösen und des Guten stand und nun einen gefährlichen Zustand des Ungleichgewichts erreicht hätte, wo die beiden konkurrierenden Mächte gleich stark waren und davon ausgegangen werden mußte, daß sie sich ohne ein klares Ergebnis für viele Jahrtausende bekämpfen würden; die Entscheidung der Overlords, daß dieser Prozeß durch ein regelkonformes Schachturnier beschleunigt werden konnte, wobei die Spieler die beiden feindlichen Mächte repräsentierten. Am Ende dieses Turniers konnte der Gewinner sicher sein, einen eindeutigen Sieg errungen zu haben, und die Overlords würden dann die Gegenseite durch den Einsatz von Brandsätzen und entropischen Mitteln aus dem Verkehr ziehen, die viel zu komplex waren, um jetzt darauf einzugehen. »Du bist als einer der Repräsentanten auserkoren worden«, führte der Overlord aus, »und genau in diesem Augenblick wird auch der auf ähnliche Art ausgewählte andere Stellverteter instruiert. Welche Seite würdest du lieber vertreten? Gut oder Böse?«

Ich muß gestehen, daß ich ziemlich perplex war. »Ich verstehe überhaupt nichts«, räumte ich dann ein.

»Oh«, kommentierte der Overlord mit einem sehr menschlichen Achselzucken, »ich habe ja das System ganz vergessen, in dem ihr Leute lebt, das Ethos, von dem das Universum, über das ich rede, durchdrungen ist, die Mächte und hochaufgeladenen Emotionen hinter diesen zwei Qualitäten. Weißt du, das spielt eigentlich überhaupt keine Rolle. Gut, Böse – der Punkt ist, daß sie diametral entgegengesetzte Kräfte in eurem Universum sind, und der Kampf und die Struktur eurer Existenz resultieren aus dem Widerstreit zwischen diesen beiden Polen. Das ist reine Definitionssache; wirklich wichtig ist nur, daß dieser Kampf beendet wird. Welche Seite möchtest du vertreten? Du bist um eine Millisekunde früher rekrutiert worden, also darfst du auch zuerst wählen.«

»Willst du damit sagen, daß wir wirklich um das Schicksal des Universums spielen werden?«

»Exakt«, bekräftigte der Overlord, »ein Turnier mit einundvierzig Partien, das in alle zivilisierten Sektoren eures Universums übertragen wird, so daß jeder daran teilhaben kann; eine Übertragung durch alle Völker, Medien etc. Betrachte es als eine Chance.«

»Aber warum gerade Schach? Warum ich? Warum dieser Planet?«

»Weil Schach unserer Ansicht nach für eine solch finale Entscheidung ideal ist; es ist ein methodisches Spiel, bei dem der Aspekt des Glücks nicht die geringste Rolle spielt und der Verlierer sich deshalb auch nicht über ungerechte Behandlung beschweren kann. Schach ist nur auf deinem Planeten bekannt, und um deine zweite Frage zu beantworten, wir wollten zwei renommierte Schachspieler, die so gleichwertig wie möglich sein sollen. Auf der Grundlage der Untersuchungen, die unsere exzellenten Statistiker über einen langen Zeitraum durchgeführt haben, haben du und dein Gegner von allen lebenden Schachspielern die vergleichbarste Bilanz. Es gibt nicht die kleinste Abweichung zwischen euch. Keine zwei anderen Schachspieler gleichen sich so in ihren realen und potentiellen Fähigkeiten.«

»Gut«, meinte ich, »das ist ganz erstaunlich.« Solche Ereignisse sind immer ganz erstaunlich und gewinnen obendrein noch dadurch an Gewicht, daß ich trotz meiner brillanten und logischen Spielweise eine ziemlich abergläubische und intuitive Gemütsverfassung besitze, die es mir ermöglichte, dieses recht verblüffende Gespräch im Kontext zu betrachten. »Wer ist mein Gegner?«

»Louis Wilson«, klärte mich der Overlord auf. »Du kennst ihn natürlich ziemlich gut.«

»Louis Wilson!« sagte ich verblüfft. »Das ist ja ganz unglaublich! Wir sind zusammen aufgewachsen.«

»Das wissen wir.«

»Ich habe mit Louis über drei Jahrzehnte auf Großmeisterturnieren gespielt. Wie könnte ich da gegen ihn um das Schicksal des Universums spielen?«

»Warum denn nicht?« meinte der Overlord und wischte die Frage mit einem beiläufigen Tentakelschwung vom Tisch. »Es ist immer noch besser, es bei entscheidenden Angelegenheiten mit einem Freund anstatt mit einem Feind zu tun zu haben, nicht wahr? Außerdem unterstelle ich mal, daß du seine Spielweise ganz gut kennst.«

»Das ist absolut erstaunlich«, sagte ich und registrierte dabei einen schwachen, intensiven Geruch, nicht unangenehm, aber merkwürdig süßlich und klebrig in der Nase. »Ist das Zyanid?« fragte ich.

»Ich befürchte, ja«, erwiderte der Overlord bedauernd. »Zu diesem ersten Gespräch mußten wir eine für beide Seiten akzeptable Umgebung auswählen; später können wir dich natürlich langsam an unsere Atmosphäre gewöhnen, doch für den Augenblick hielten wir es für erforderlich, im Rahmen eines Kompromisses einen niedrigen Zyanidgehalt für mich, aber leider einen ziemlich hohen für dich anzusetzen. Ich befürchte, daß wir dich von hier wegschaffen müssen; sonst wirst du gleich zusammenklappen. Aber trotzdem wollen wir noch immer wissen, ob du lieber für das Gute oder das Böse spielen willst.«

»Ich will für das Gute spielen«, sagte ich fest, »auch wenn es für dich keinen Unterschied macht. Ich wollte mit Sicherheit nicht die Mächte der Entropie vertreten.«

»Wie du willst«, entgegnete der Overlord und zuckte leicht die Achseln.

»Kann ich jetzt zurück nach Warschau?«

»O nein. Ich fürchte, daß das Turnier schon abgebrochen wurde. Du wirst zu einer exzellenten Wohnanlage nach terrestrischem Vorbild auf dem besiedelten Mond Titan, einem Satelliten von Saturn, verbracht, und dort werden Vorbereitungen für das Spiel getroffen, welches nach deiner Zeitrechnung morgen beginnt. Wie ich dir bereits gesagt habe, liegen wir leider schon ziemlich im Zeitplan zurück«, merkte der Overlord an. Dann wurde ich mit solch beängstigender Geschwindigkeit und einer derartigen Intensität von hier weggeschafft, daß mein Erinnerungsvermögen erst wieder in dem getäfelten Raum auf Titan einsetzte, der, wie der Overlord versprochen hatte, tatsächlich irdischen Anforderungen entsprach.

Von diesem Moment an war ich in die Vorbereitungen für das Turnier involviert. Ich hatte natürlich meine eigene Abordnung von Sekundanten, die von den Overlords gestellt worden waren und die überhaupt alles für mein Wohlbefinden taten. Weiterhin verfügte ich über eine eigene Technikercrew, Köche und Ärzte, die mein Schicksal linderten, und ich weiß, daß Louis es genauso gut hatte. Hinsichtlich der Medien und der Öffentlichkeitsarbeit erfolgte jedoch eine Koordinierung; die Pressemitteilungen und Biographien während des Turniers stammten alle aus den gleichen Agenturen auf Sirius, um das zu vermeiden, was die Overlords mir gegenüber als verschwenderische Duplizität bezeichnet hatten.

Es ist schon seltsam, daß ausgerechnet Louis und ich zu einer solchen Auseinandersetzung gezwungen werden sollten. Die Sache entbehrt nicht einer gewissen Ironie, und die Veröffentlichungen haben sich damit auch nicht zurückgehalten. Obwohl ich ein viel besserer Spieler als Louis bin (dummerweise haben sich die Overlords hier böse vertan; ich sehe nicht, wie unsere Fähigkeiten verglichen werden könnten; er ist ein überlegter, methodischer Spieler, wogegen ich einfallsreich und brillant bin, und er hat nie um die Weltmeisterschaft gekämpft, wogegen ich vor einem Vierteljahrhundert den Einzug ins Viertelfinale geschafft hatte und nur durch einen dummen Fehler unterlag, den ich an dieser Stelle nicht wieder aufwärmen will), steht die Ähnlichkeit unseres Hintergrundes außer Frage, und es existieren Verschränkungen in den persönlichen und beruflichen Biographien, die mich sogar jetzt noch erstaunen.

Wir wuchsen zusammen in der gleichen Wohngegend in Brooklyn, New York, auf; wir begannen zur gleichen Zeit Profischach zu spielen; wir erklommen mit nur wenigen Wochen Abstand die gleichen Stufen auf der Karriereleiter der Schachhierarchie, und schließlich reisten wir durch die Welt, wobei unsere Laufbahn parallel verlief und verblüffende Übereinstimmungen aufwies. Die ganze Zeit war jedoch all jenen, welche die Entwicklung aufmerksam verfolgten, klar, daß ich ein viel besserer Spieler als Louis war und daß er sich im Grunde an mich drangehängt hatte, ein schierer Doppelgänger, der mir die besten Techniken abkupferte, um sein eigenes mittelmäßiges Spiel zu verbessern; die Verteidigung und Strategien hatte er von mir kopiert, und sogar sein Bild in der Öffentlichkeit, eine Melange aus Ruppigkeit und Bescheidenheit, hatte er meiner eigenen Personalität entlehnt (die nichtsdestoweniger weitaus angenehmer als seine ist, ganz zu schweigen von der Tatsache, daß ich obendrein noch ein viel stattlicherer Mann bin).

Ich möchte nicht den Eindruck erwecken, daß ich viel von Louis halte. Obwohl unsere persönliche und berufliche Entwicklung von Anfang an miteinander verwoben war, betrachte ich ihn höchstens als Parasiten. Ich glaube sogar, daß sein Entschluß, Schachmeister zu werden, auf mich zurückging; er selbst zeigte nämlich kein Interesse daran, zum Beispiel der nationalen Juniorenauswahl beizutreten, bis ich diese Absicht verkündete, und erst nachdem ich von Roxbury Press einen Vertrag für *Fianchetto and Fork: Bishop Versus Knight** bekommen hatte, bekundete er ebenfalls sein Interesse am Schreiben und konnte einen Verleger für sein erbärmliches *To Castle or Not to Castle: The Intricacies of Defense*** auftreiben.

So war es immer gewesen; es gab sogar Zeiten, in denen ich dachte, daß Louis weniger eine eigenständige Persönlichkeit als vielmehr eine bösartige Erweiterung meines Selbst wäre, ein Phantom, eine Kreation, eine buchstäbliche Verlängerung meiner eigenen Sehnsucht nach menschlicher Gesellschaft, die mich

* Fianchetto und Gabel: Läufer contra Springer

** Die Rochade – Probleme der Verteidigung

dazu gebracht hatte, mit derartiger Cleverness ein Duplikat mit ähnlichem Willen und Intentionen zu erschaffen, so daß der Doppelgänger für die Welt buchstäblich als eigenständige Entität hätte durchgehen können. Doch ein Blick auf Louis, wie er während einer Partie verkrampft über dem Schachbrett hing, ein Blick, wie er die Schultern hob und an seinem dichten Bart herumzupfte, während er auf Mallorca Tauben fütterte, und ich realisierte, daß das nur größenwahnsinnige Phantastereien waren. Es wäre zwar schön, aber in höchstem Maße vermessen, zu glauben, daß ich Louis erfunden hätte. Er existiert als autonome Personalität; er ist nicht weniger real, als ich es bin, und die betrübliche Erkenntnis, die mir letzthin zuteil wurde, besagt, daß er die Verteidigung der Mächte des Bösen auch dann übernommen hätte, wenn er hätte wählen können (was er eben nicht konnte; er mußte das nehmen, was übrig war), weil Louis nämlich unser ganzes Leben für mich das Böse repräsentiert hatte: korrupt, träge, blöde, zaghaft, das verschlagene Böse schaute ihm aus allen Knopflöchern und prägte seinen Charakter. Es hätte mich nicht gewundert zu hören, daß diese Kreatur Teufelsanbetung betrieb – er, der nie in seinem Leben selbständig gedacht oder eine eigene Leistung vollbracht hatte, mußte zwangsläufig zu einem Verehrer von Satan werden.

Unser Verhältnis, das ohnehin nie herzlich gewesen war, hat sich im Verlauf dieser ersten fünfzehn Partien natürlich deutlich verschlechtert. Ich weigere mich, mit ihm zu sprechen, und selbst wenn wir nicht am Tisch sitzen, sondern eine Spielpause einlegen oder auf die Anweisungen der Schiedsrichter warten, wende ich mich von ihm ab, wie das jeder anständige Mensch machen würde und tue so, als ob er Luft für mich wäre.

Es ist Pech, daß das Schicksal des Universums auf meinen Schultern lastet, aber das tut es nur im abstrakten Sinne, weil die Auseinandersetzung nämlich in *mir selbst* stattfindet; ein innerer Kampf der Selbsterkenntnis, in dem Louis keine Rolle spielt. Er zeigt zunehmend Reaktion wegen meiner Haltung; in dem Maße, wie er erkennt, daß nicht nur ich ihn nicht einmal der Verachtung für würdig halte, sondern auch all jene, welche die Sache der Gerechtigkeit unterstützen, der ich mich verpflichtet habe und die obsiegen muß; wie ich schon sagte, nagt diese Erkenntnis an ihm, und jüngst veröffentlichten Berichten konnte ich entnehmen, daß er an Magenproblemen, Schwindelanfällen und einer allgemeinen, wenn auch nur leichten, Schwächung seiner physischen Konstitution leidet, was meiner Meinung nach unmittelbar der psychischen Belastung zuzuschreiben ist, der ich ihn unterworfen habe.

Es ist jedoch erforderlich, daß ich ihn im Schach besiege, so wie ich ihn vorher schon persönlich geschlagen habe, und deshalb muß dieses verdammte, erschöpfende und elende Turnier weitergehen; obwohl, wo ich mich jetzt dazu entschlossen habe, die Overlords nicht mehr zu unterstützen und die Spannung des Endspiels nicht länger hinauszuzögern, die Spiele nicht mehr so lange dauern werden, wie dies möglich gewesen wäre, bevor ich die Geduld verlor.

Gleich nachdem ich mit **e5–e4** meinen brillanten Gegenzug gemacht habe, will ich meinen Platz verlassen. Eine Art latenter Perversität, ein Anflug von Zweifel veranlassen mich jedoch dazu, sitzenzubleiben, bis Louis wieder wie ein Frosch auf die Bühne schlurft, nachdem seine Sekundanten ihm gesteckt haben, daß er zuviel Zeit verliert. Er muß uriniert haben, der Angsthase, denn ein paar feuchte Punkte umgeben seinen Hosenlatz (der noch halb offensteht), und als er an mir vorbeigeht und auf seinen Stuhl gleitet, nimmt Louis für einen Moment mit mir Blickkontakt auf, und das auf eine Art, die mich wirklich erschreckt... und ich erkenne, daß er seine Niederlage heraufdämmern sieht.

Es ist ihm schon hundertmal im Traum erschienen, und er weiß um das Ausmaß seiner Schande; jetzt schaut er mit einem leisen Seufzer der Verzweiflung auf die Figuren, und dann, wie ein Buckliger, der im Rollstuhl nach Lourdes zu einer weiteren Verzweiflungssitzung gebracht wird, stützt er die Hände auf dem Rand des Stuhls ab, wobei sich diese kleinen Hände durch den Druck an den Knöcheln zu einem ekligen Weiß verfärben, rückt den Stuhl näher an den Tisch heran, und nach einem weiteren Blick auf die Uhr sinkt er mit mahlenden Kiefern in einem Höchstmaß an Konzentration in sich zusammen, in dem Versuch, einen Gegenzug in einem Spiel zu finden, von dem ich weiß (und wenn ich er wäre, wüßte ich es auch), daß es verloren ist.

Fianchetto

Als ich nur wenig älter als zehn Jahre alt war, erkannte ich, daß mein Vater weder Verständnis für meine Schachleidenschaft aufbrachte noch an meine große, wenn auch noch unklare Zukunft glaubte. Doch dann änderten sich die Dinge.

»Das ist verrückt«, urteilte er über das Königliche Spiel, »das ist keine Beschäftigung, sondern eine Besessenheit. Du mußt etwas Vernünftiges aus deinem Leben machen; vielleicht solltest du mal ausgehen und Leute treffen.«

»So ist das nicht«, widersprach ich, »du hast kein Recht, mir vorzuschreiben, was ich aus meinem Leben machen soll. Schach ist ein edler Zeitvertreib, und du bist ja nur unglücklich, weil du nach Mutters Tod und nachdem du beruflich in eine Sackgasse geraten bist, nichts mehr hast, womit du dich beschäftigen kannst, nichts, was deinen Intellekt und deine Seele ausfüllen könnte. Also bist du eifersüchtig und läßt das an mir aus, deinem einzigen Sohn, deinem einzigen Kind.« (Ich gebe zu, daß ich das in dieser Art nicht zu ihm gesagt habe. Die theatralische Neigung zur Revision – das Leben und seine Szenarien eher so zu arrangieren, wie es hätte sein sollen und nicht wie es wirklich war – ist bei uns Praktikern des Königlichen Spiels weit verbreitet, und tatsächlich machte es mir der alte Mann fast die ganze Zeit unmöglich, meinen Standpunkt zu artikulieren. Aber ich hätte es auch gesagt, wenn ich damals schon über die gleichen Erkenntnisse wie heute verfügt hätte. Deshalb sagte ich es, und wenn Ihnen dieser Impuls zur Modifikation nicht gefällt, sind Sie herzlich eingeladen, sie wieder rückgängig zu machen und damit genau den gleichen Fehler zu begehen, den Sie mir vorwerfen könnten.)

»Rüpel«, fluchte er, »undankbarer Rüpel«, und verlegte sich anschließend auf eine Reihe gemurmelter Drohungen, Verwünschungen und Vernichtungsprophezeiungen, die er aber offensichtlich nicht sehr konsequent umsetzte und denen ich auch keine Bedeutung beimaß. Meine Karriere war zu diesem Zeitpunkt im Aufschwung. Ich hatte im Vorjahr bei den Eastern Junior Regionals den dritten Platz belegt und befand mich jetzt in den dicksten Vorbereitungen, Louis die Krone abzujagen. (Er hatte auch nur aus formalen Gründen gewonnen; die Geisteskrankheit des eigentlichen Ersten der Rangliste hatte seinen Abtritt am Tage der Schlußrunde erfordert.) »Gut«, sagte er einige Zeit später, »ich sehe, daß es nur eine Möglichkeit gibt, dir diesen Unsinn auszutreiben, nur einen Weg, dich wach zu bekommen«, und dann stolperte er zum Schrank im Eßzimmer unserer schäbigen Dreizimmer-Wohnung in Brooklyn, fegte Schnapspullen und Kartenspiele in seinem verzweifelten Versuch beiseite, um an etwas Verborgenes zu gelangen. »Laß uns spielen«, sagte er schließlich und holte ein versifftes altes Schachbrett und Figuren aus einem versteckten Hohlraum. *»Ich werde die Scheiße aus dir herauskloppen, das ist alles.«*

Meine Aufmerksamkeit wandte sich sozusagen von innen nach außen; in einem Augenblick war meine Konzentration noch tief im Inneren gewesen, bei der Bearbeitung eines alten Kunstschach-Problems (eines Spiels, dem ich mittlerweile nichts mehr abgewinnen kann), wobei ich mich mit dem miserablen Bibliothekstext abmühte, und im nächsten Moment war es mir, als ob ich mich entfalten, aus dem Innern nach draußen treten und nicht nur tief in die sich entwickelnde Situation eintauchen würde, sondern auch in den Willen und das Bewußtsein meines Vaters, und erlangte eine bisher nicht dagewesene Wahrnehmung des alten Scheißkerls, eine Wahrnehmung, die sozusagen direkt bis in sein Herz reichte. »Ich habe früher auch Schach gespielt«, nuschelte er mit zitternden Händen. Er holte die Figuren aus ihrem muffigen Grab, plazierte das Brett gefährlich dicht an der Tischkante und nahm je einen schwarzen und weißen Bauern, um mich die übliche Wahl treffen zu lassen. »Wenn der Alte die Scheiße aus dir herauskloppt, obwohl er seit zwanzig Jahren nicht mehr gespielt hat, wird du es wohl einsehen. Hab ich recht? Hab ich recht?« fragte er eher unsicher, wobei die Fassade der Entschlossenheit von seinem Gesicht abbröckelte und einem erstaunlich hilflosen und flehenden Ausdruck wich, und dann reckte er mir zur Verdeutlichung die beiden geballten, kleinen Fäuste schüttelnd entgegen. Ich zuckte vorwärts wie ein Boxer und wählte die linke Hand, diejenige, die (sogar damals schon) die Kräfte des Lichts beherbergte. Der große Kampf begann, dieses epische Spiel gegen meinen Vater, in dem ich mich in einer sublimierten Form des Vatermordes anschickte, ihn zu zerstören.

Es war ein seltsames Gefühl: mit meinem Vater Schach zu spielen unter der einzigen nackten Glühbirne unseres Wohnzimmers; es war, als ob diese Umkehrung des Bewußtseins andauerte, und anstatt nur ich selbst zu sein, diese ständige Falle, in der ich es geschafft hatte, die meisten Leidenschaften dieser fünfzig Jahre auszuleben, war ich gleichzeitig auch er, *war* mein Vater, konnte in sein Bewußtsein eindringen und sah nicht nur die Nuancen meines eigenen Angriffs, sondern auch das schwächliche Beben der Membranen seines alten Verstandes, so daß eine zweckgerichtete Simultaneität von mir Besitz ergriff. Ich wußte, was ich tun würde, aber ich wußte auch, was er tun würde – und kann nicht sagen, welche die erschreckendere Option war.

Er begann mit einem Königsbauern-Angriff; ich konterte über die Flanken, brachte den Königsspringer heraus und rochierte früh in einer Anlehnung an die Nimzo-Indische Variante; ein von ihm angebotenes Damengambit wurde abgelehnt, ein Springeropfer wurde abgelehnt, ein Läuferopfer wurde abgelehnt, und nach zwölf Zügen waren all seine mitleiderregenden Versuche, einen vorzeitigen Angriff zu eröffnen, gescheitert; er erkannte die Hoffnungslosigkeit seiner Bemühungen und saß zitternd inmitten seiner Figuren, wobei Hämatome seine Fäuste scheinbar anschwellen ließen, während er mich über das Brett hinweg ansah und dann durch die Wand hindurchschaute. »Hundesohn«, schmeichelte er mir (mein Vater hatte nie Manieren kultiviert, die einem Turnier angemessen waren) und versuchte, dieses Netz durch ein hastiges Opfer zu zerreißen, aber diesmal akzeptierte ich das Opfer und schlug seinen Damenbauern mit dem Springer, wodurch dieser sofort seinen Läufer bedrohte, und schnürte die unglückliche Figur derart ein, daß sie zu völliger Passivität verdammt war, und es war, als ob ich dann direkt in den Abfluß seines Geistes fallen würde, mit den Schachfiguren als Wegweiser in seine Psyche, so daß ich diese dunklen Korridore bis zu den Grenzen der Neugier erforschen konnte, wobei ich die schwach glimmenden Lichter des Denkvorgangs hinter seiner Stirn glühen sah, die nur einen Moment lang flackerten, bevor sie erloschen.

Ich sah diese Mischung aus Kummer und Ärger, das alles war, was mein Vater sein Lebtag an Emotionen hatte artikulieren können, und dann erregte der Damenturm irgendwie seine Aufmerksamkeit, irgendeine mögliche Positionierung, so daß er vier Züge später mit zwei Türmen einen Angriff gegen meinen König führen konnte. Er holte aus, um diesen Turm zu berühren; gleichzeitig wurde ich von seinem Geist abgestoßen wie ein Insekt, das aus einer ausgeklopften Matte fliegt und nach draußen geschleudert wird; keuchend fiel ich fünfzig Meilen zurück in meinen eigenen Kopf mit seiner typischen Haltung und sah zu, wie er den Turm bewegte. Dann verschränkte er die Hände und sah mich mit einem so offenen und hilflosen Gesichtsausdruck an, wie ich ihn noch nie bei einem Menschen erlebt hatte. »Meinst du, daß das genügt?« fragte er. »Meinst du, daß mir das eine Chance gibt?«

Ich hatte den Mann buchstäblich gebrochen, ihn innerhalb von dreizehn verheerenden Zügen zu einem Offenbarungseid gezwungen, und jetzt fragte er mich in seiner Seelenqual, ob sein Zug wohl vernünftig gewesen wäre. »Wie soll ich das wissen?« fragte ich zurück. »Wie könnte ich dir sagen, was richtig und was falsch ist? Du bist doch mein Vater, stimmt's?«, und mit diesen Worten beugte ich mich vor, um meinen Antwortzug zu machen, einen Zug des Königsspringers, der ihn selbst gedeckt und gleichzeitig einen Angriff gegen eben das Feld geführt hätte, auf dem zwei Züge später sein Turm hocken würde. Konzentration durchflutete mich und verlieh mir ein enormes Gefühl der Macht und Erkenntnis.

Die Welt reduzierte sich auf ein schlagendes Herz in Gestalt des Brettes, aber als ich mich nach vorn beugte, um die Figur zu berühren, die den Angriff einleiten sollte, der zu seiner finalen Demütigung und meinem Sieg führen würde, überkam mich ein merkwürdiges Zögern; ich weiß nicht, ob es sich um die

Angst vor dem Vatermord handelte (die nach den Theorien von Freud schließlich ein tief verwurzelter und weit verbreiteter Archetyp ist). Wahrscheinlich war es jedoch die ungewohnte Wahrnehmung meines Vaters, dieses Gefühl, das ich schon erwähnt habe, daß ich buchstäblich *in* dem gequälten Mann war und die Wirkung sehen konnte, die mein Sieg auf ihn haben würde.

Auf jeden Fall, aus welchem Grund auch immer, kam ich zu dem Schluß, daß ich diesen Zug nicht machen konnte, und meine Hand hing wie gelähmt über diesem Brett, wie ein Hodensack über einer zitternden Vagina liegen könnte (ich kann durchaus explizite sexuelle Metaphern verwenden, wenn ich mich traue; trotz des Mangels an praktischer Erfahrung bin ich, was Sex betrifft, nicht ahnungslos), der kleine Hodensack schwoll vor Kraft (oder vielleicht war es auch nur Zögern) an, und ich konnte meine Hand nicht dazu zwingen, sich zu bewegen; sie hing über dem Läufer, ich konnte sie nicht vorwärtsbewegen; sie zitterte über dem Läufer, und in diesem Augenblick schoben sich die Hände meines Vaters über die Tiefe des Brettes und *ergriffen meine Figuren, meine Türme. »J'adoube«*, sagte er entschuldigend und mit dem Anflug eines Lächelns im Gesicht, *»je merely adoub'e«*, und ein Blick auf das Gesicht des alten Versagers, und ich konnte seine Absicht erkennen, mit dieser neugewonnenen und erstaunlichen Fähigkeit, die ich mir seither immer zunutzemache, die ganze Komplexität seines Vorhabens realisieren. Aber ich war damals wie erstarrt, unfähig, mich zu bewegen, unfähig, ihm Kontra zu geben, und langsam verschwanden meine beiden Türme in seinen sich zu Fäusten ballenden braunen, knochigen und fleckigen Händen, und schließlich ließ er diese Fäuste auf das Brett selbst sinken … und das Brett erbebte, das Brett rutschte beängstigend über den Tisch, und dann neigte es sich über die Kante. Ich hob ein Knie an, bewirkte damit den endgültigen Absturz des Bretts, und dann fiel es in einer Explosion von Figuren zu Boden, wobei sich ein Schauer von Bauern und Läufern in der Luft entfaltete, und die gestürzten Könige rollten unter meinen nervös scharrenden Füßen umher. Ein schwaches Leuchten schien vom Brett nach oben zu reflektieren, kleine Aureolen, die das Gesicht meines Vaters und mein eigenes illuminierten, ein Licht, das aus dem Epizentrum des Desasters strömte.

»Trotteliger alter Depp«, meinte mein Vater meditativ, »das war aber dumm von mir, ich bitte um Entschuldigung«, und stand auf, schob den Stuhl mit den Waden zurück und wischte imaginären Staub oder Fussel von der Hose. »Höchst bedauerlich«, sagte er, »ich hasse es, unser Spiel so zu beenden, aber auf der anderen Seite weißt du ja sicher, daß ich dich eh am Wickel hatte; hat dir eine böse und demütigende Niederlage erspart, mein Sohn.« Mit diesen Worten drehte er sich um und wollte sich vom Acker machen – oder zumindest glaube ich, daß es seine *Absicht* war, sich zu verdünnisieren – aber mit einem abgrundtiefen und schrecklichen Grollen der Frustration warf ich mich auf ihn und umklammerte seinen Hals; wie ein Irrer schlug ich auf ihn ein und wollte meinem Vater das Licht ausblasen (was dem Vernehmen nach eine sehr tiefgehende Erfahrung ist – der Vatermord wird in der Freud'schen Terminologie noch mit vielen anderen Bedeutungsmustern assoziiert, die in diesem Kontext schwer zu erläutern, deswegen aber nicht weniger schmerzhaft sind).

»Du alter Bastard«, meinte ich, »das kannst du mit mir nicht machen, ich war dabei, das Spiel zu gewinnen, ich hatte dich in der Falle, ich hatte dich schon vernichtet.« Ich fuhr fort, seinen Hals zu malträtieren;

abgerissene Schreckenslaute drangen aus seinem Mund, verdichteten sich zu kleinen Punkten auf seinem Gesicht, und er begann in meiner Umklammerung um sich zu schlagen. »Das kannst du nicht mit mir machen«, verdeutlichte ich meinen Standpunkt, »es ist nicht fair, ich hatte das Spiel gewonnen, du weißt, daß ich das Spiel gewonnen hatte, und jetzt sieh nur, was du mir angetan hast.« Aber es lag keine Kraft in meinen Gesten, kein echter Nachdruck in meiner Stimme, und nach einem Moment glitten meine Hände wie Papier von ihm ab, kleine deformierte Klauen, die sich in dem freudlosen Ambiente des Zimmers öffneten und schlossen.

»Wie dem auch sei«, sagte ich, »du spielst ein lausiges Schach; ich hätte dich in sieben Zügen mit einem ›Anfängermatt‹ erledigen können, wenn der Angriff entsprechend aufgebaut worden wäre.« Er wurde blaß, wandte sich von mir ab, schlurfte mit weiten und immer schneller werdenden Schritten aus dem Raum und überließ mich mir selbst, wie ich diese Hände betrachtete, die jetzt an meinen Gelenken hingen, kleine, bedeutungsschwere Knoten.

Ich weiß gar nicht mehr genau, ob ich noch weiterhin Kontakt mit meinem Vater hatte oder ob unsere Beziehung an dieser Stelle abgebrochen wurde; ich kann mich auch überhaupt nicht mehr daran erinnern, ob er nach diesem katastrophalen Spiel noch zehn Jahre lebte oder es vorzog, noch in jener Nacht an einem schweren Schlaganfall zu sterben (wenn ich jemals die Gelegenheit dazu erhalte, muß ich mal in dem von mir angelegten Familienarchiv nachschauen). Ich bin noch ganz dösig von der Anspannung des Spiels, in dem ich mich befinde, aber über eines bin ich mir ganz sicher, und daran besteht kein Zweifel: Mein Vater und ich haben nie mehr miteinander Schach gespielt, und als ich viel später wieder in die Wohnung zurückkam, sah ich, daß das Schachbrett und die Figuren im Mülleimer gelandet waren. Wie tote Elritzen lagen die Figuren inmitten des Abfalls, so mürrisch und stur in dieser Pose, wie ich sie gern mit Louis assoziiere, wenn man sich unvermeidlich in die Gefilde der höheren Strategie begibt.

Drittes Kapitel

Dame d1–f3

Nun, da er sich bereits blockiert fühlt, nachdem ich durch **e7–e5** seine feindselige Absicht, das Zentrum des Spielfeldes zu übernehmen, für alle Zeiten zunichte gemacht habe, hat Louis seine Dame energisch bewegt.

Das ist charakteristisch für ihn. Der Mann neigt zur Panik und tendiert unter Druck zu fehlerhaften Reaktionen, indem er seine starken Figuren herausbringt, noch bevor die Spielentwicklung sie richtig zum Tragen kommen läßt. Jetzt, wo ich sehe, daß er seine Dame vorgezogen hat, und den merkwürdigen Ausdruck von Übelkeit in seinem Gesicht registriere, während er schnell das Brett überfliegt und dann zusammenzuckt, weiß ich, daß das Spiel an mich gehen muß.

Denn ich habe schon gewonnen. Die schnelle Bewegung der Dame ist Louis' Eingeständnis, daß ich ihn beim zweiten Zug *schon* überwältigt habe. In diesem Moment verspüre ich eine gewisse Sympathie für ihn, weil ich weiß, daß er sich hinter der Bühne atemlos, schwitzend und mit gequältem Gesichtsausdruck in der Hand von Sekundanten befinden muß, die ihn davon zu überzeugen versuchen, daß er noch immer eine Chance hat… doch er wird sich wohl jetzt in die Toilettenschüssel übergeben. (Es gibt da irgendwo eine Schüssel, die ich in vergleichbaren Situationen selbst benutze. Umgeben von Wänden und freiem Raum ist es möglich, den Vorgang des umgekehrten

Essens fast zu einem sakralen und heiligen Akt werden zu lassen. Das Geräusch des Erbrechens, so dachte ich immer, ist dem Klang eines Gebets sehr ähnlich.) Und wenig später wird er wieder zurück am Brett sein, um meinen vernichtenden Antwortzug zu erleben, der ihn noch tiefer in die Verzweiflung treiben wird. Louis ist wirklich in einer schwierigen Situation, und das geschieht ihm auch recht, weil er für all das Böse in der Welt steht.

Im Verlauf dieser Partien ist mir zumindest einmal in den Sinn gekommen, daß ich mit Louis geheime Verhandlungen führen und ein genauso geheimes Abkommen treffen könnte, etwas zwischen uns auszuarbeiten, das den Turnierverlauf ändert oder wenigstens verzögert. Wie in einem Turnier dieser Art üblich (die Overlords haben das Spielprotokoll und die Modalitäten in Übereinstimmung mit unseren internationalen Meisterschaftsspielen, soweit ich mich noch daran erinnern kann, festgelegt), logieren Louis und ich in den gleichen Unterkünften, haben Umgang mit denselben Leuten, benutzen dieselben Einrichtungen, wenn auch zu unterschiedlichen Zeiten, und sind uns oft stundenlang ohne Aufsicht selbst überlassen, in angesetzten ›Ruhe- und Erholungs‹-Perioden, während derer wir nach Belieben in der an unsere Verhältnisse angepaßten Atmosphäre der Örtlichkeiten umherspazieren können, in denen wir stationiert sind. (Natürlich würde uns die Atmosphäre der meisten Systeme, die wir schon besucht haben, auf der Stelle umgebracht haben.) Es wäre daher einfach, mit ihm ein Geheimtreffen in einem verwaisten Winkel des Hotels zu arrangieren; trotz ihrer ganzen Scheinheiligkeit sind die Overlords in vielerlei Hinsicht reichlich doof und würden vielleicht noch nicht einmal merken, daß ein solches Treffen überhaupt stattgefunden hat. So könnte ich Louis in irgendeinem Korridor oder Zimmer sprechen und ihm vorschlagen, daß wir uns z.B. beim Gewinnen abwechseln und damit das Turnier so weit hinauszögern wie nur möglich; und daß wir dann, bei der einundvierzigsten Partie, eine Reihe von Remis nach Großmeisterart abziehen – dreimal oder viermal den gleichen Zug bringen und dann mit bärtigem Nicken und Lächeln die Bereitschaft bekunden, sich auf ein Remis zu einigen. Wenn wir das so machen würden, wäre es möglich, das Turnier bis in alle Ewigkeit dauern zu lassen.

Die Overlords sind autoritätsgläubige Wesen; sie nehmen die Regeln ihres Wettstreites sehr ernst und wären kaum in der Lage, eine gegenseitig getroffene Vereinbarung, das Turnier durch ständiges Remis bis ultimo zu verschleppen, in Frage zu stellen. Wir könnten dann über mehrere Monate oder gar Jahre um das Schicksal des Universums spielen und unsere Tournee unbegrenzt ausdehnen, bis am Ende einer von uns an Krankheit oder Altersschwäche stirbt und so die Pläne der Overlords zunichte macht. In der Zwischenzeit könnten wir es so laufen lassen wie bisher.

Ich bin durchaus zu Mitleid fähig, und dieser Gedanke ist mir zumindest schon gekommen. Ich weiß, daß sich der Ausgang unseres Turniers nur für die eine Hälfte der Bevölkerung des Universums als Katastrophe auswirken kann. Böse Lebewesen werden zu Milliarden leiden und sterben, wenn ich ihren Repräsentanten deklassiere, und obwohl ich ein unerbittlicher Feind des Bösen bin und mein Leben seiner Bezwingung gewidmet habe – es war keine zufällige Entscheidung, daß ich die Mächte des Lichts vertrete – ist es dennoch eine ziemlich schmerzliche Sache für mich, an all diese Milliarden zu denken, die unter Schmerzen aus dem Leben scheiden müssen, wenn die meisten von ihnen auch üble Charaktere sein müssen.

Ich kenne mich etwas in der Theologie aus und bin überhaupt alles andere als einer von diesen Schach-Fachidioten, von denen man oft hört und deren Horizont kaum über den Rand des Spielfeldes hinausreicht. Ich weiß, daß viele von denen, die jetzt im Dienste des Bösen stehen, sich selbst überhaupt nicht für böse halten, sondern willkürlich abgestempelt und Opfer der Umstände geworden sind. Diese Wesen, die nicht weniger Gefühle haben als die, welche *ich* vertrete, haben allen Grund zur Sorge. Auf jeden Fall ist es mir schon einige Male während unserer Tournee in den Sinn gekommen, Louis diesen Vorschlag zu unterbreiten. »Schau«, könnte ich zu ihm sagen, während wir in einer ziemlich plüschigen, irdischem Ambiente nachempfundenen Lobby auf einem entfernten Stern saßen (die sich bewegenden Lampen und Lichter über uns wirkten dabei als niederträchtige Reminiszenz an den Aufenthalt im New Yorker Hotel Lucerne während eines endlosen Wochenturniers vor zwanzig Jahren), »wir könnten uns irgendwie einigen. Wir könnten bis zum Exzeß auf Remis spielen. Sie verstehen wenig von den Feinheiten des Meisterschaftsschachs, diese Overlords, und auf jeden Fall würde es auch völlig in Einklang mit den Spielregeln stehen. Warum sollten wir die Sache also nicht in die Länge ziehen?«

»Daran will ich nicht einmal denken«, würde er wohl antworten (ich kenne Louis so gut, daß es für mich so einfach ist, die Konversation zu konstruieren wie bei der Vorbereitung einer Rochade Springer und Läufer aus dem Weg zu schaffen). »Warum sollte ich überhaupt mit dir zusammenarbeiten? Ich werde dich ohnehin zerstören.«

»Aber du Narr verstehst anscheinend nicht, daß *ich* dich vernichten werde, und daß, egal wer gewinnt, Abermilliarden intelligenter Wesen sterben müssen. Denke nur an all das Leid.«

»Es wird kein Leid geben. Davon abgesehen ist das auch kaum mein Problem, hab ich recht? Ich erledige nur einen Job.«

»Hör zu, Louis, ich meine das ernst. Das Schicksal des Universums liegt noch in unseren Händen, ungeachtet dessen, was die Overlords sagen. Wir lernen ganze Sektoren des Universums kennen; das ist eine Erfahrung, welche die wenigsten Menschen machen können.«

»Das interessiert mich nicht«, schmettert er mich starrköpfig ab. Der Mann ist im Grunde unmöglich; eine sture, autoritätshörige Person, Reaktions-Formation ist dafür wohl der Fachbegriff. »Das ist überhaupt nicht mein Problem; ich habe den Auftrag, das Turnier bis zum Ende durchzuspielen, die entsprechende Macht zu vertreten, dich zu zertrümmern und diese Sache zu einem Ende zu führen.«

»Wirklich, Louis, du bist absolut unvernünftig. Begreifst du denn nicht, daß ich dich schlagen werde? Außerdem vertrittst du die Mächte des Bösen.«

»Wen ich vertrete, ist nicht von Belang. Erinnere dich, daß die Overlords uns gesagt haben, daß es sich hier um eine reine Definitionssache handelt: Was wir für gut und böse halten, bedeutet ihnen überhaupt nichts. Außerdem, David, hast du in diesem Turnier keine Chance. Ich liege schon mit fünf zu zwei Partien vorne, und dabei habe ich noch nicht einmal richtig losgelegt.«

»Wir könnten doch wenigstens ein paar Partien auf Remis spielen, oder? Es hat nämlich bisher noch kein einziges Remis gegeben, was für Großmeisterschach sehr ungewöhnlich ist. Wenn du deine Meinung änderst und dich meiner Betrachtungsweise anschließt, würde es den Overlords verdächtig vorkommen, wenn wir plötzlich mit Remis anfangen, ohne zuvor einen Auftakt gesetzt zu haben. Laß uns wenigstens ein paar Pattspiele machen.«

»Tut mir leid, David, aber du verstehst die Bedingungen nicht.« In manchen Momenten legt Louis plötzlich einen gewissen Pomp an den Tag; jetzt wirkte er dadurch nur lächerlich. »Du verlangst, daß wir durch vorherige Absprachen betrügen, und das verstößt gegen die Regeln. Wir könnten sogar zur Rechenschaft gezogen werden.«

»Von wem?«

»Von ...«

»Es gibt keine Kontrollinstanz, es gibt keinen übergeordneten Schachverband, mit diesem Turnier wird alles enden.«

»Es tut mir leid, David. Du bist auf Kollaboration aus. Ich bin fast versucht, den Overlords deswegen Meldung zu machen. Sie würden drastische Maßnahmen ergreifen; du könntest sogar disqualifiziert werden. Du würdest in noch größere Schwierigkeiten geraten, als du sie ohnehin schon hast.«

»Du bist unmöglich.«

»Nein, du bist unmöglich.«

»Du bist ein großspuriger Depp mit vorauseilendem Gehorsam. Hast du denn gar keine Loyalität gegenüber einem Großmeisterkollegen?«

»Ich werde dich den Overlords melden, David. Ich werde es wirklich tun.«

»Das wirst du nicht wagen.«

»Ich werde ihnen den ganzen Inhalt dieser Unterhaltung zum Vortrag bringen. Ich bin sicher, ihr Interesse wird dann so weit geweckt sein, daß sie sich noch etwas eingehender mit dir befassen. Ich habe nichts weiter zu sagen; du bist kein Mann von Ehre.«

Nein. So würde es auf keinen Fall funktionieren. Es ist klar, weshalb Louis und ich nicht zu einem Arrangement kommen können. Das Turnier muß seinen üblichen Gang nehmen, volle Kanne bis zu seiner Vernichtung. Nichtsdestoweniger muß es gesagt werden, und ich sage es auch angesichts der komplexen Situation: Ich habe es versucht. Sicher habe ich es versucht. Für seinen Charakter bin ich nicht verantwortlich.

Dd8–f6. Dd8–f6. Während Louis irgendwo in einem rückwärtigen Verschlag kotzt und die eitrige Flüssigkeit seiner Eingeweide sich mit den chemisch behandelten Flüssigkeiten des Deneb-Systems vermischt, denke ich über diesen Zug nach. Louis hat schon immer dazu tendiert, seine starken Figuren zu schnell zu entwickeln; das ist ein fataler Fehler. Die Kommentatoren wissen das auch schon. Ich habe es ihnen nämlich gesagt.

Ich erinnere mich noch gut, wie Louis in den Berliner *Interzonals* seinen Turm durch eine dumme und verfrühte Rochade entblößte und es dadurch Barker, seinem Gegner, erlaubte, mit seiner Dame in die siebte Reihe einzubrechen. Der Fehler war tödlich und rächte sich auf dem Fuße: Ein Turm deckte die Dame und setzte Louis fast unmittelbar in Zugzwang; nach nur fünf weiteren Zügen gab er auf. Barker (dessen Spiel sich zwar verbessert hat, jedoch noch deutlich unter meinem Niveau ist) hat das später bei Gebäck und Tee mit mir diskutiert; er hatte Louis' Aufgabe mit einer bemerkenswerten Gelassenheit akzeptiert, was mich irgendwie berührte, obwohl es mir eigentlich lieber gewesen wäre, wenn er diesem Trottel ins Gesicht gespuckt hätte.

»Er ist potentiell ein brillanter Spieler«, konzedierte Barker, »aber er kann nicht richtig mit den starken Figuren umgehen.« Er stopfte den Kringel in den Mund und begann mit einer Sequenz von ziemlich unangenehmen Geräuschen und Mundbewegungen zu kauen... eigentlich ziemlich abstoßend.

»Ich glaube, daß sein grundsätzliches Problem in einem Mangel an Geduld besteht«, mutmaßte Barker,

»obwohl andererseits ...« – er nahm einen Schluck Kaffee, spülte den Mund damit aus und vermengte die Flüssigkeit mit den Krümeln des Kringels – »... vielleicht überschätzt er auch seine Fähigkeiten und ist am Ende noch überraschter als wir, wenn sich sein übereilter Angriff mit den hohen Figuren ständig festläuft. Schwer zu sagen«, ergänzte Barker, tauchte den Kringel in den Kaffee und schwenkte ihn so lange herum, bis er mit Zucker beschichtet und von der Flüssigkeit durchtränkt war, und dann öffnete er den Mund weit, steckte den Kringel wie in einer heiligen Handlung hinein und rieb sich mit einem zufriedenen Stöhnen die Hände. »Was meinst du?«

Es war schwer für mich, wie ich da an einem Tisch in diesem ziemlich vollen Berner Café saß, einen ruhigen und undurchdringlichen Gesichtsausdruck beizubehalten. Aber ich versuchte es. Es ist die *Körperlichkeit* des Lebens, die mich abstößt, und das ist einer der Gründe, warum Schach mich so begeistert: Hier haben wir ein sehr abstraktes, mathematisch kaltes Spiel ohne jegliche Gerüche, Düfte, Verstrickungen, Rülpser, Husten, Schniefen, Auseinandersetzungen und all jene Elemente, die derart zum Wesen dessen beitragen, was Nicht-Schachmeister irrtümlicherweise als das »wirkliche Leben« bezeichnen. Die Abstraktion hat einen gewissen Reiz, den ich nicht gering schätze.

Diese Aversion gegen den normalen materiellen Kreislauf des Werdens und Vergehens mag ein wenig abnormal sein, aber abnormal nur im erweiterten Wortsinne, eine Deviation, die mich generell auf ein höheres Niveau erhebt. Deshalb hatte ich Schwierigkeiten, an mich zu halten, während ich Barker zusah (der mir jetzt, da er seinen Kringel fertiggemümmelt hatte, einen Blick zuwarf, der so ausdruckslos wie der eines Fisches war). »Vielleicht«, meinte ich, »vielleicht. Aber dann wäre er trotzdem nur ein schwacher Spieler.«

»Schwäche ist keine Entschuldigung«, dozierte Baker, streckte einen Zeigefinger aus, leckte ihn genüßlich ab und verfuhr dann genauso mit den anderen Fingern der linken Hand, wobei die Zunge mit der Rasanz einer Schlange züngelte. »Es gibt gute Spieler, schlechte Spieler, brillante und miserable Spieler, aber auf jedem Niveau ist die Persönlichkeit ausschlaggebend. Jede Partie trägt die individuelle Note des Spielers; zehn verschiedene schwache Spieler unterscheiden sich zehnfach in ihrer Schwäche, und nachdem ich mich in die Psychologie eingelesen habe, glaube ich, daß unser Freund an einem Mangel an Selbstvertrauen leidet. Bist du krank? Du siehst krank aus; ich hoffe, daß du nicht wirklich krank bist«, bemerkte Baker.

Aber es war zu spät. Zu spät, viel zu spät: mein Magen rumorte wie ein Vierzylinder, der nur noch auf drei Töpfen läuft, und ich erhob mich von meinem Platz und hastete zur Toilette des Cafés, wobei ich mir den Bauch hielt. Ich stand kurz davor, mich zu blamieren, und der aus dieser Gewißheit resultierende Horror ließ mich bis zur Toilette durchhalten, wo ich mich dann des Mittagessens entledigte. Das Trauma dieser Begegnung, soviel möchte ich klarstellen, wirkt noch immer nach, obwohl die von Barker gewonnenen Informationen ganz nützlich waren und mir bei weiteren Begegnungen mit Louis geholfen haben. Ohne Frage bringt er die hohen Figuren wirklich zu schnell heraus. Es fehlt ihm an Selbstvertrauen. Dieser letzte Zug von ihm illustriert diese Tendenz beredter, als ich das jemals könnte.

Louis hat sich nun hinter die Bühne zurückgezogen. Lebhafte Bilder seiner Erniedrigung gehen mir durch den Kopf, während ich mich angelegentlich über das Brett beuge und mir überlege, wie ich ihn weiter demontieren könnte. Aber in diesem Moment …

Ganz klar, Schach ist eine komplexe Angelegenheit, und jetzt scheint irgendeine Aufwallung im Publikum entstanden zu sein. Lichtkegel fluten über die Bühne, und es ertönt eine Reihe erstickter Schreie, die notwendigerweise die gesamte Aufmerksamkeit auf sich ziehen. Meine Konzentration ist total weg, und ich blicke quer über die große Bühne, wo ich sehe, daß ein großer Mann irgendwie die Sicherheitsabsperrung überwunden hat und auf die Bühne gelaufen kommt, wobei er mit einigen Wachen rangelt. Die Wachen entstammen verschiedenen Spezies; einige sind humanoid, während andere exotischer wirken, und der Anblick dieses von einer fremden und degenerierten Menge umgebenen Mannes ist ziemlich schockierend. Der Vorgang erinnert mich an die Deckblätter bestimmter Comics, die ich aus meiner Jugend kannte und auf denen Menschen im Würgegriff ekliger Aliens zappelten. Die Sache ist derart schockierend und doch so faszinierend, daß die Schachfiguren buchstäblich zusammenschrumpfen. Sie verschwinden in einem Nebel, und ich richte den Blick auf den Eindringling.

Er versucht ziemlich verzweifelt, dem Sicherheitspersonal zu entkommen, aber er kann sich nicht aus ihrem Griff befreien. Nichtsdestoweniger versetzt ihn irgendeine dämonische Kraft in die Lage, sich ihnen so weit zu entziehen, daß er den Abstand zu mir verringert und dabei die ganze Zeit redet, unaufhörlich redet.

»Sie müssen das beenden«, sagt er, »es ist völlig sinnlos; wir können so nicht weitermachen.«

Stimmt das? Die Überzeugung kann manchmal stärker als alles andere sein; ich glaube ihm, verharre in meiner vornübergebeugten Position und sage nichts. Diese Situation ist natürlich ein Problem der Sicherheitsleute, und es käme mir nicht in den Sinn, mich in ihre Obliegenheiten einzumischen. Ich sehe, daß sie den Eindringling zumindest teilweise unter Kontrolle haben; er versucht, an mich heranzukommen, aber er kann die ihn umgebende Barriere aus Armen, Beinen, Tentakeln, sonstigen Auswüchsen und Hörnern nicht überwinden und muß sich deshalb auf ein verzweifeltes Gebrüll beschränken.

»Die Sache hat einen bösen Haken!« schreit er. »Es ist nicht fair; es ist nicht richtig, verstehen Sie, dieses Turnier muß sofort abgebrochen werden!« Dann verknüpfen sich irgendwelche Merkmale seiner Stimme und seiner Haltung im Griff der Wachen, und ich erkenne ihn. Ich erinnere mich an ihn. Merkwürdig nur, daß es mir nicht sofort aufgefallen ist, aber ich stehe natürlich unter mentaler Anspannung.

Er ist ein leitender Funktionär der FIDE, der Federation International, des terranischen Schachverbands. Er schäumt vor Wut. »Das ist lächerlich!« schrillt er. Er muß sich an Bord eines der Raumschiffe geschlichen und wie wertvolle Schmuggelware davongestohlen haben. Danach hat er vielleicht von den Overlords die Genehmigung erhalten, als Repräsentant der FIDE mitzukommen. Aber wer weiß das schon? »Wir haben diese Partie nicht autorisiert«, sagt er, wobei sein seriöses Gesicht von Zorn und Schmerz entstellt wird. »Wir haben dieses Turnier nicht offiziell angesetzt; wir haben diese Teilnehmer nicht bestätigt. Diese Partie findet unter Verletzung der Statuten statt, die unseren großen Sport regeln und organisieren!«

Schließlich erlangen die Wachen bei seinem letzten Ausbruch mehr oder weniger die Kontrolle über den sich widersetzenden Mann, und mit einer Serie harter Knüffe und Püffe entfernen sie ihn von der Bühne. »Ich werde mich beschweren«, schreit er noch. »Das Spiel wird anulliert!« Dann ein schwerer Schlag, und er bricht, umstanden von einer Horde Wachen, kraftlos zusammen und wird durch einen Hinterausgang aus dem Gebäude gebracht.

Es ist eine unglaubliche Verletzung der Turnieretikette, einfach die Bühne zu betreten. Dieser Vorgang wird noch durch die Tatsache verschärft, daß der Missetäter ein Repräsentant des Schach-Dachverbandes unseres Planeten ist. Aber die Partie muß weitergehen, und mit einiger Mühe bin ich imstande, meinen Zorn zu unterdrücken. Ich reibe die Hände aneinander und spüre, daß die rauhen Handflächen wie gesplittertes Glas aneinanderschrappen. Ich knete sie, schüttle den Kopf und versuche erneut, mich in das Schachbrett zu projizieren.

Es ist jedoch nicht mehr so leicht wie vorher, und für einen Moment schimmern und glitzern die Figuren, nehmen ein anderes Aussehen an, werden fast zu Gelatine, als ob sie schmelzen würden, und beginnen, in Rot und Schwarz über den Feldern des Brettes zu zerfließen. Einen Augenblick lang glaube ich, ohnmächtig zu werden, so verheerend war dieser Angriff auf meine Konzentration.

Statt dessen stehe ich jedoch auf und vermeide gerade eben diesen tödlichen Kontakt, der das Brett vom Tisch gefegt hätte, und taumele durch Dunst und Rauch vorwärts, zum Bühnenausgang (alle Spezies, jedes Publikum raucht unaufhörlich – immer wieder habe ich auf mein Asthma hingewiesen, aber das interessiert niemanden), und für einen tödlichen Moment schwinden mir das Muskelgefühl und sogar die Erinnerung. Wie ein orientierungsloses Tier stolpere ich durch einen amorphen Zustand, unfähig, meine Identität zu erkennen oder den Grund meines Hierseins zu definieren.

Dann sehe ich, daß ich von mehr Overlords umringt bin, als ich bisher zu Gesicht bekommen habe. Zehn oder elf von ihnen haben ihre Beobachtungsposten verlassen und stehen um mich herum. Ihre Tentakel schnappen zu. Ein Aufnahmegerät fährt sein Objektiv aus, kalter Stahl glitzert; zweifellos wird in diesem Augenblick eine Nahaufnahme meines gequälten Gesichts an ein Milliardenpublikum im ganzen Universum übertragen. »Ich schaffe es nicht«, höre ich mich stöhnen und keuchen, »ich schaffe es einfach nicht.«

»Mach dir nichts draus«, sagt ein Overlord, »es war ein Versehen.«

»Ich habe versucht, vernünftig zu sein. Ich habe versucht, zu kooperieren, aber ich kann solche Aktionen nicht haben. Ich kann es nicht ertragen, wenn die Bühne vom Publikum gestürmt wird. Wie soll ich mich da konzentrieren?«

»Das ist höchst unfair«, konzediert ein anderer Overlord. Ihre Stimmen und Persönlichkeiten sind austauschbar. Ich bin nie imstande gewesen, sie auf eine andere Art als durch Zahlen auseinanderzuhalten. Trotzdem vermute ich, daß es sich bei diesem hier um meinen alten Freund *Fünf* handeln könnte, der mir mehr als sonst einer von ihnen die Sympathie und das Verständnis entgegenbringt, das ich verdiene.

»Wir werden uns darum kümmern, daß man sich dieser Person annimmt«, sagt der Overlord. »Er muß sehr verwirrt sein.«

»Ich meine«, erwidere ich von Tentakeln umgeben, »ich gebe mein Bestes«, und vergrabe den Kopf in einer pink-purpurnen Substanz, die sich zwar wie Fischschuppen anfühlt, aber dennoch merkwürdig angenehm ist.

»Natürlich tust du das.«

»Es ist nicht leicht hier. Das mindeste, was ihr tun könntet, ist, mir ein angemessenes Spielambiente zu verschaffen. Wie sollte ich das sonst überstehen? Bedenkt meine Lage und wie das alles auf mich wirken muß. Ich sage euch, ich kann das nicht mehr aushalten!«

»Natürlich kannst du das nicht aushalten«, stimmt

derselbe Overlord wohlwollend zu, »und es gibt auch keinen Grund, warum du das solltest. Ich verspreche, daß dieses Individuum mit größter Rücksicht behandelt wird.« Ein Raunen der gemurmelten Beratung läuft durch die vielen Lebensformen, die mich umgeben; es sind sieben, glaube ich, obwohl die exakte Zahl in diesem Gewirr von Tentakeln und sonstigen Ausformungen nur schwer ermittelt werden kann. Einmal könnten es nur vier sein, dann wiederum sogar zwölf. Wer weiß? Die physischen Aspekte der Overlords sind stets eine Sache gewesen, über die ich mir Unwissenheit bewahren wollte; nennt mich meinetwegen fremdenfeindlich, sei's drum. »Mit größter Rücksicht«, versichert der Overlord. »Und jetzt schlage ich vor, daß du diesen höchst unglücklichen Zwischenfall vergißt und die Partie weiterführst. Deine Uhr läuft, weißt du, und es wäre unklug, Zeit zu vergeuden. Wir können die Uhren nicht anhalten, nur weil du einen Zusammenbruch hattest.«

»Und außerdem«, ergänze ich, als Stümpfe und Tentakel beginnen, mich zu meinem Platz zurückzuschubsen, »stimmt es nicht einmal, was er sagt; das Turnier wird in Übereinstimmung mit allen FIDE-Regeln durchgeführt.«

»Natürlich wird es das, und du hast überhaupt keinen Grund zur Besorgnis.«

»Wir verwenden die Uhren, setzen Sekundanten und ein Schiedsrichterteam ein, und wir spielen unter all den autorisierten Bedingungen. Er hat kein Recht, absolut kein Recht«, führe ich aus, »zu behaupten, daß das Spiel nicht legal sei.« Mein Stuhl schabt an den Schienbeinen, und ich spüre ein leichtes Stechen und Schmerzschauer. »Das Problem der FIDE besteht darin, daß sie eine völlig triviale Organisation ist«, bemerke ich und schaffe es, mich wieder hinzusetzen, während Overlords mich umstehen, mir die Schultern massieren, das Gesicht mit feuchten Tüchern abwischen und das Genick stimulieren. »Sie sind überhaupt nicht an Schach oder einer Verbesserung der Struktur des Spiels interessiert, sondern nur an ihren erbärmlichen kleinen Privilegien und daran, das Spiel auch weiterhin im Würgegriff zu halten.«

Ich rutsche nervös auf dem Stuhl herum, im Bewußtsein, daß mir ein hohes Maß an Aufmerksamkeit entgegengebracht wird. »Es ist eine aufgeblasene Bürokratie«, sage ich, »sie ist absolut willkürlich und stupide, und ich will nichts mehr mit ihr zu tun haben. Statt dessen werde ich meinen eigenen Kurs festlegen. Das ist es, was ich tun werde.«

Die Overlords murmeln ihre Zustimmung, wobei ihnen meine Direktheit offensichtlich gefällt; sie laborieren noch immer an mir herum, die Tücher stapeln sich im Mittelpunkt meines Gesichts und bilden ein kühles, offenes Zelt, in dessen Feuchtigkeit ich am liebsten verschwinden würde. Aber natürlich werden die Handtücher dann wieder weggenommen.

»Gut«, sage ich dann, wobei das grelle Licht nach diesem momentanen Abstecher in die Dunkelheit noch stechender wirkt, »gut, ich werde weitermachen und mein Bestes geben, aber ihr sollt wissen, daß ich nicht verantwortlich für das sein werde, was sich von jetzt an hier ereignet. Schließlich ist es eure Sache, die Bühne freizuhalten, und ich kann kaum auf höchstem Niveau spielen oder ein ausreichendes Maß an Konzentration erlangen, wenn ich mich mit so einem Kram wie eben herumschlagen muß.« Erneut signalisieren sie Zustimmung. Es ist offensichtlich, daß sie mich aus eigenen Erwägungen heraus besänftigen wollen.

Gut, sicherlich wollen sie, daß das Turnier weitergeht, aber irgendwie löst der Gedanke, daß man mir wie einem kleinen Kind seinen Willen läßt, in mir einen kalten und tödlichen Zorn aus, und ich wende mich nochmals an sie, wobei ich registriere, daß noch mehr Absperrungen aufgebaut worden sind, das Licht noch heller geworden ist und ich mich nun an das größte und engagierteste Publikum aller Zeiten richte. »Ich warne euch«, sage ich, »ich mache euch darauf aufmerksam, daß solche Vorkommnisse das Spiel selbst diskreditieren; es ist möglich, daß der Gewinner disqualifiziert wird und daß das Turnier aufgrund des Vorgangs, den wir gerade eben erlebt haben, anulliert wird. Ich bin mir nämlich überhaupt nicht sicher, ob das Ergebnis dieser Partie irgendeiner Untersuchung standhalten könnte.«

Nach diesen Worten widme ich meine ungeteilte Aufmerksamkeit wieder dem Spiel und habe die Overlords schon aus den Gedanken verdrängt. Sollen sie eine Weile daran kauen! Sollen sie darüber nachdenken, wie sich das auf ihren eigenen Zeitplan auswirken könnte, auf ihr Bestreben, das Turnier am Laufen zu halten, sollen sie sich nach Belieben mit ihrem Hauptquartier und ihren Vorgesetzten auseinandersetzen. Das ist nicht mein Problem: Es ist definitiv ihres, und sie werden für eine Weile über vieles nachdenken müssen. Nur das Spiel zählt.

Für den Moment im Einklang mit mir selbst gelingt es mir, mich in Konzentration zu hüllen, obwohl ich dennoch das Bild des FIDE-Funktionärs nicht ganz vergessen kann, wie er auf die Bühne rennt. Sein Gesicht war mit Flecken heiligen Zornes übersät. Es muß schwierig sein. Es muß sehr schwierig sein für ihn. Es ist ein merkwürdiges Turnier, und noch dazu eines, das ohne Rücksprache mit dem Schachverband anberaumt wurde. Wie ich bereits dargelegt habe, kann es diese aufgeblasene Bürokratie überhaupt nicht leiden, wenn ihre Privilegien angetastet werden. Natürlich ist es ziemlich wahrscheinlich, daß sie durch ein Verhalten wie jenes aus dem Geschäft geworfen werden. Ich hätte nichts dagegen. Ich hätte ganz und gar nichts dagegen. Ich konnte mit der FIDE oder irgendeinem der anderen Verbände nämlich noch nie viel anfangen; in meinen Augen sind sie kaum mehr als gehobene Abzockvereine, denen es nur darum geht, die reinen und engagierten Praktiker des Königlichen Spiels zu schikanieren.

Der erste international anerkannte Schachmeister, Paul Morphy aus New Orleans, hatte nach seinem fünfundzwanzigsten Geburtstag nie mehr gespielt. Die Weigerung des britischen Meisters, Staunton (nach dem das aktuelle Meisterschaftskonzept benannt wurde), gegen Morphy anzutreten, während dieser sich auf einer Europatournee befand, soll Paul in den Wahnsinn getrieben haben: Er verbrachte die letzten dreißig Jahre seines Lebens als nichtpraktizierender Anwalt, Sproß einer reichen Familie, durchwanderte die Straßen der Stadt und murmelte etwas von Demütigungen in sich hinein. Später bettelte Steinmetz, der erste offizielle (im Gegensatz zum nur ›anerkannten‹) Weltmeister, Morphy treffen zu dürfen, der nur unter der Bedingung akzeptierte, daß die Begegnung auf zehn Minuten limitiert wurde und Schach als Gesprächsthema außen vor blieb. Morphy verschied schließlich an Tuberkulose. In den Annalen ist nicht vermerkt, ob er und Steinmetz sich jemals gesehen haben.

Der Weltmeister der dreißiger und vierziger Jahre des zwanzigsten Jahrhunderts, Alexander Aljechin, ist als Nazi-Kollaborateur verschrien (Autor einer skurrilen Monographie über ›Jüdisches Schach‹, dessen Vertreter u.a. Reshevsky gewesen sein soll, ein defensives, konservatives Spiel) und hat während der Spiele zudem auf Blumen, Fußböden, Tische und Gegner uriniert. Es war weniger der Vorgang des Urinierens selbst als die Entblößung, an der sich die Inhaber der Clubs störten. Aljechin sprach auch kräftig dem Alkohol zu und neigte dazu, sich in kritischen Momenten von Entscheidungsspielen zu übergeben, gelegentlich auch auf das Schachbrett.

Adolf Andersson, Autor des *Unsterblichen Spiels,* hat in seinen letzten Lebensjahren öffentlich Gott zu einem Spiel herausgefordert. »Ich gebe ihm einen Bauern Vorsprung und lasse ihm den ersten Zug«, versprach Andersson.

Robert James Fischer, der amtierende Weltmeister zum Zeitpunkt des Erscheinens der Overlords, war für sein ausgeprägt exzentrisches Verhalten bekannt, einschließlich reaktionärer Politik, dem dezidierten Wunsch, »Leute wirklich zu zertrümmern und sie leiden zu lassen«, wegen der zwanghaften Neigung, sich zu verspäten, der Weigerung, sich mit Frauen abzugeben, weil sie ›Schwächlinge‹ (d.h. lausige Schachspieler) wären und einer problematischen Beziehung zu seiner Mutter. Kurz nach dem Gewinn der Weltmeisterschaft, deren Erlangung er sein ganzes Leben gewidmet hatte, verschwand Fischer von der Bildfläche, verfolgt von Gerüchten, daß er sein mentales Gleichgewicht verloren hätte.

Boris Spassky, der Mann, der Fischer bei der Weltmeisterschaft unterlegen war, war ein ausgesprochener Tagträumer. Im Verlauf des Spiels gemachte Aufnahmen zeigen ihn in einer Reihe seltsamer Posen, mit einem verklärten, nach innen gerichteten Blick und merkwürdig gekrümmter Hände, die eine Umarmung simulieren.

Es scheint, daß Schach mit einer Verrücktheit behaftet ist, die Meister aller Generationen befallen hat. Ob es sich nun um einen genetischen Defekt handelt, der einen dem Schach in die Fänge treibt oder nur um die Auswirkungen exzessiver Konzentration, die einer ursprünglich normalen Psyche aufgezwungen wird, ist nicht bekannt. Auf jeden Fall gelten Schachmeister allgemein als die labilsten Persönlichkeiten. Vielleicht leidet nur noch die Gilde der Science Fiction-Autoren an einem vergleichbaren kollektiven Wahnsinn, und deshalb ist es in diesem Chaos des Irrsinns doppelt erstaunlich, daß ich bisher meine Stabilität aufrechterhalten konnte, eine bunte Blume im Schlamm, eine duftende, elegante Rose inmitten des Gestanks. Ich firmiere als ›Gentleman-Großmeister‹, und bisher habe ich diesem superben Image noch immer entsprochen.

Doch wenn es jemals eine Zeit gegeben hätte, von diesem Bild abzuweichen, dann wäre es mit Sicherheit jetzt soweit, unter diesem ganzen Druck und der Anspannung. Ich hatte jedoch den Eindruck, mich trotz meines unglücklichen Ausbruchs gegenüber dem FIDE-Funktionär kaum mehr in der Gewalt zu haben als in diesem Augenblick. In der Tat bin ich jetzt, nachdem der Wutausbruch verraucht ist und etliche Störstellen der Instabilität beseitigt sind, sogar ruhiger als zuvor, und erneut konzentriert sich meine Aufmerksamkeit auf das Brett.

Es stellt sich die Frage, wie ich den besten Vorteil aus der verfrühten Mobilisierung der Dame ziehen kann. Eine Möglichkeit wäre, sofort einen Springer herauszubringen, ein hallendes Schach zu bieten und gleichzeitig die Dame zu gabeln. (Diese Technik hat der Träumer Spassky gegen den Exzentriker Fischer in dieser unsterblichen elften Partie ihres Turniers angewandt.) Ich halte das Konzept massiven Schachbietens irgendwie für reizlos. Natürlich würde es funktionieren; es ist Lehrbuch-Schach, exakt das, was die Standardtexte und Praktiker empfehlen würden …

Aber ich habe gelobt, originell zu spielen, die unkonventionelle Lösung zu den konventionellen Mysterien zu finden. Ich würde mir nicht wünschen, etwas so Phantasieloses zu tun wie nur mit der Dame Schach zu bieten. Besser mit einem eigenen Angriff beginnen, die Kräfte langsam und überlegt entwickeln und in acht oder neun Zügen mit einer vernichtenden, gezielten Attacke tief in den von der Dame aufgegebenen Raum vorstoßen.

Es ist reichlich Zeit. Meine Uhr läuft, aber je länger ich Louis' Qual hinziehen kann, desto besser wird mir das gefallen. Meine Persönlichkeit muß unbestreitbar irgendeinen sadistischen Aspekt aufweisen. Es gefällt mir, sie zu zertrümmern. Es gefällt mir, sie leiden zu sehen.

Louis kommt wieder an seinen Platz, ohne daß er von den Sekundanten begleitet würde. Sein Gang ist torkelnd und schwerfällig, wobei die Füße ungleichmäßig auf dem auf Hochglanz polierten Boden aufzutreten scheinen; sein Gang weist einen ziemlich parätischen Galopp auf, und in den Augen liegt ein unschönes und unheiliges Glühen, das mir bisher nicht aufgefallen ist. Zweifellos hat er hinter der Bühne getrunken, obwohl ich beim besten Willen nicht begreife, wie er es geschafft hat, während eines Spiels an Alkohol zu gelangen. Louis verfügt jedoch über Ressourcen, die ich nicht in Abrede stellen will. Der Mann steht an der Grenze zum Alkoholismus. In Schachkreisen ist er dafür bekannt, spät nachts hinter verschlossenen Türen heimlich zu trinken, und das in rauhen Mengen. Jahrelang hatte er diese Angewohnheit kontrollieren und derart tarnen können, daß nur ein paar Eingeweihte wie ich darüber Bescheid wußten, die ihn schon seit vielen Jahren kennen. Aber vielleicht kümmert es ihn in diesem Stadium unserer Begegnung auch nicht mehr.

Er läßt sich wieder auf seinen Stuhl nieder und tut das mit einem ansatzweisen Hüpfer, einem ungelenken Schlurfen, welches das Zittern seiner Knie verbirgt, während er sich in dem großen, gepolsterten

Sessel plaziert. Er schielt auf das Brett, um zu sehen, ob ich schon gezogen habe, und dann beugt er sich zu meinem Erstaunen vor, legt einen zitternden Zeigefinger auf mein Knie und sagt rauh: »David, wir müssen reden.«

Ich entziehe ihm mein Knie, hänge mich über das Brett und schüttele heftig den Kopf.

»Es ist mir ernst, David«, sagt er. »Es ist mir wirklich ernst. Wir müssen etwas besprechen.«

Ich sage nach wie vor nichts. Ich verharre in meiner starren Positur und verschränke die Hände vor dem Gesicht. Ich finde diesen Vorgang unglaublich.

»Ich meine es völlig ernst, David«, wiederholt er in einem noch entschlossenerer Ton. »Wir müssen eine Reihe von Punkten diskutieren. Es kann nicht länger hinausgeschoben werden.«

Schließlich sage ich dann doch etwas. »Du Narr«, entgegne ich, »wir können nicht reden. Wir spielen Schach.«

»Ich weiß, daß wir Schach spielen. Darüber will ich ja auch mit dir sprechen.«

»Es gibt nichts zu besprechen.«

»Wir haben eine Menge zu bereden, David. Wir müssen hinter die Bühne gehen und die Dinge diskutieren.«

»Du Idiot«, lasse ich ihn auflaufen, »weißt du denn nicht, daß noch nie in der Geschichte eine Schachpartie so umfassend übertragen worden ist wie diese hier? Die ganze Bühne ist mit Kameras und Mikrophonen gespickt. Sie bekommen jedes Wort mit, das du von dir gibst.«

»Nein, tun sie nicht, David. Du hast doch selbst darauf bestanden, daß keine Mikrophone aufgestellt werden. Wir können also nicht abgehört werden.«

»Dann lesen sie es uns eben von den Lippen ab.«

»Es ist niemand hier, der das könnte, David«,

meinte Louis mit einem unbehaglichen Lachen. »Es mag wohl Fernsehzuschauer geben, die das können, aber was macht das schon für einen Unterschied? Niemand kann uns beiden einen Strick daraus drehen, nur weil wir uns unterhalten, und genau das will ich. Außerdem habe ich gesagt, daß wir nach hinten gehen sollen, stimmt's? Wir wären dort ungestört.«

»Du mußt verrückt sein«, unterstelle ich. »Wir haben absolut nichts zu besprechen.«

»O doch, haben wir«, pariert er mit einem leichten nervösen Kichern. »Du wärst erstaunt darüber, was wir alles zu besprechen haben. Ich habe neue, bedeutende Informationen erhalten, die von höchster Wichtigkeit sind.«

»Deine Informationen interessieren mich nicht. Genausowenig interessiert mich die höchste Wichtigkeit. Hör auf mit dem Gebabbel und laß mich konzentrieren, oder ich rufe den Schiedsrichter und lasse dich wegen Belästigung disqualifizieren.«

Wieder tippt er mit dem Zeigefinger auf mein Knie, und dann liegt zu meinem Erschrecken seine ganze Hand auf und streichelt und knetet meinen Schenkel, wie man es mit einer Frauenbrust tun würde. »Sei kein Narr, David«, meint er, »dies ist unwahrscheinlich wichtig. Würde ich mit dir reden wollen, wenn es nicht wirklich wichtig wäre? Glaube mir, ich hasse dich genauso, wie du mich haßt. Aber dies hier geht weit über persönliche Differenzen hinaus.« Mit der anderen Hand umfaßt er seinen Rauschebart und rauft daran herum. »Weit darüber hinaus, weit darüber hinaus«, wiederholt er in einem monotonen Singsang, »und es wäre sehr zu deinem Nachteil, wenn du mir nicht zuhören würdest.«

»In Ordnung«, konzediere ich, »in Ordnung. Ich werde mit dir reden. Aber auf keinen Fall hier, vor all den Kameras.«

»Nein, natürlich nicht«, meint Louis, wobei sein verschlagenes Gesicht strahlt. »Was glaubst du, wer ich bin, bekloppt oder was? Ich werde jetzt die Bühne verlassen. Wenn du deinen nächsten Zug gemacht hast, kannst du mich hinter der Bühne treffen, und wir können dann unbeobachtet miteinander sprechen.«

»Wird ihnen das nicht verdächtig vorkommen? Wenn wir zwei uns da hinten unterhalten und du nicht nach vorne gehst, um deinen nächsten Zug zu machen. Deine Uhr läuft nämlich auch weiter.«

»Oh, das ist schon alles in bester Ordnung«, sagt Louis und macht dabei plötzlich einen abwesenden Eindruck. »Die verlorene Zeit ist mir egal; ich werde dich sowieso in die Hölle prügeln, David, und du weißt das auch. Außerdem«, ergänzt er, »außerdem wird es nicht sehr lange dauern.«

Er steht auf, dreht sich um und verläßt sofort in seiner merkwürdig starren Haltung die Bühne, wobei er den Körper steif hält, als ob er sich gegen eine steife Brise oder stürmische Winde stemmen müßte, und verschwindet hinter der Bühne. Wieder allein auf der Bühne, fühle ich mich plötzlich bedrängt und exponiert; ich schaue auf eine irgendwie verstohlene und paranoide Art nach rechts und links, wobei ich mich frage, ob ich aus der Nähe observiert werde oder ob unser kurzes, intensives Gespräch von versteckten Aufzeichnungsgeräten registriert bzw. von den Overlords mitgehört wurde.

Alles scheint jedoch ganz normal zu sein (was eigentlich bedeutet, daß alles bedrückend unnormal ist, sich aber nicht von dem unterscheidet, wie es noch vor einigen Augenblicken war). Das Publikum murmelt nach wie vor im Hintergrund (redet vielleicht noch immer über den FIDE-Funktionär), das Licht ist warm und hell, und die Overlords hasten auf ihre selbstgefällige und purpurne Art zwischen den Kabeln umher. Das Schiedsrichter-Team, ein Vertreter aus jedem Sektor, das bisher nur sehr wenig mit dem Fortgang des Turniers zu tun gehabt hatte, befindet sich unterhalb der Bühnenkante in einer seiner endlosen Konsultationen und ist wahrscheinlich wie üblich in Kompetenzgerangel verstrickt. Es ist sehr schwierig, irgendein Verhältnis zu diesen Schiedsrichtern herzustellen; in der Tat ist es während dieser seltsamen und gefährlichen Zeit schwierig gewesen, überhaupt mit irgend jemandem eine Beziehung zu etablieren. Wenn man näher darüber nachdenkt, ist der einzige Freund, den ich bisher vielleicht gehabt habe, Louis, der sich zumindest in einer ähnlichen Lage befindet. Nichtsdestoweniger werde ich ihn zerstören. Dies steigert die Ironie der Situation nicht unbeträchtlich.

Ich habe genug Zeit vertrödelt. Weiter über dem aktuellen Stand der Dinge zu brüten, würde mich in zeitliche Schwierigkeiten bringen. Auch bin ich neugierig darauf, was Louis zu sagen hat. Deshalb mache ich ohne zu zögern meinen zweiten Zug, den Zug, den ich schon die ganze Zeit im Hinterkopf hatte, ein liebliches, strahlendes, brillantes Biest, das unter einem Rosenbaldachin auf Einlaß wartet.

Der König

In Buenos Aires hatte ich den Champion auf der siebten Reihe festgenagelt, verlor ihn aber aus dem Griff, als er einen unverteidigten Bauern stellen und schlagen konnte. In Rio de Janeiro hatte ich ihn schon am Wickel, als er einen Turm *en prise* verlor; indem ich ihn jedoch mit der falschen Figur schlug (ich hätte ihn mit dem Damenbauern anstatt dem Königsspringer nehmen sollen), exponierte ich meine Dame auf höchst gefährliche Weise, und wieder entwischte er mir, wobei er noch eine Mattdrohung über mir schweben ließ. Bei den Moskauer Seniorenmeisterschaften wußte ich, daß ich ihn mit drei zu zwei Bauern im Endspiel schon im Sack hatte, aber ich geriet in Zeitnot und wurde gezwungen, ein stümperhaftes Remis zu akzeptieren. Frustrierend, wirklich frustrierend! Es wird erwartet, daß der Champion die *meisten* seiner Partien gegen andere Großmeister gewinnt und eben dadurch der Definition eines Champions gerecht wird. Aber er kann auf keinen Fall alle Spiele gewinnen; sogar die größten Spieler arbeiten nur mit einer Kapazität von knapp unter achtzig Prozent, was bedeutet, daß sie mit einer Wahrscheinlichkeit von über zwanzig Prozent geschlagen werden können. Aber obwohl die statistische Wahrscheinlichkeit auf meiner Seite war und obwohl ich definitiv weiß, daß ich der weltbeste Schachspieler bin (die einzigen Spiele, die ich verloren habe, sind entweder geschenkt worden, wie in diesem Turnier, oder durch dumme Patzer aufgrund Zeitdrucks verbockt worden), ist es eine Tatsache, daß ich den Champion niemals geschlagen und auch niemals zum Aufgeben (und noch viel weniger ins Schachmatt) gezwungen habe.

Das Moskauer Remis war das beste, mit dem ich in den siebzehn Begegnungen, die innerhalb von fünf Jahren stattgefunden hatten, abgeschlossen hatte, und nach diesem Remis verfiel ich in den Zustand einer schweren Depression, die mich binnen weniger Wochen von der Spitze der Charts in den Keller stürzen ließ. Ich hätte auch dieses Turnier gewinnen können. Jeder sagte das.

Doch in New York City, meiner Heimatstadt, bei der *Golden Cups & Knights Championship of the Eastern Seaboard*, wußte ich dann, daß ich ihn hatte. Wir beendeten die erste und dann die zwölfte Partie mit Remis; in der ersten konnte ich ihn über siebenunddreißig Züge beschäftigen, bis mein ›Fried-Liver‹-Angriff vor seinen Springern steckenblieb und meine Dame fiel. Auch als ich ihm schon beim fünfundzwanzigsten oder sechsundzwanzigsten Zug in die Augen gesehen hatte, wußte ich, daß unser Verhältnis eine neue Qualität erreicht hatte. Zum erstenmal hatte ich die Oberhand über ihn gewonnen. Er war tatsächlich zu schlagen. Ich wußte es, und er wußte es auch; in seinen Augen spiegelte sich diese Erkenntnis, und er absolvierte die nächsten zwölf Züge, die ihm in diesem Spiel noch blieben, in einer merkwürdigen, fatalistischen Trance. Sein Geist war bereits mit Furcht erfüllt; er wußte, daß wir uns in elf Spielen wieder treffen würden, und ich sah förmlich, wie er sich ausrechnete, ob er die Begegnung mit mir vermeiden könnte; vielleicht würden rechtzeitig ein Schnupfen oder Pickel auftreten, so daß er eine medizinische Entschuldigung vorzuweisen hätte. Aber selbst dann würde die Partie nur vertagt werden, bis er wieder genesen wäre; ein Spiel kann nur aufgrund beiderseitiger Zustimmung abgesetzt werden, und ich würde ihn nicht vom Haken lassen. Er wußte das. Ich konnte dieses Bewußtsein als einen intensiven Geruch wahrnehmen, der aus seinen Poren in meine Nase stieg.

Vieles ist über den Champion geschrieben worden, über sein Verhalten in Kopf-an-Kopf-Spielen, über seine seltsame und besondere Fähigkeit, die Gegner zu hypnotisieren und zu zerstören, über seine Fähigkeit, sie mit dem zu infizieren, was die Experten als ›Monarchistisches Elend‹ bezeichnen, in dem die Gegner die Kontrolle über sich zu verlieren scheinen, sich ihres Spielwitzes begeben und mit infantilen Schnitzern der Sorte loslegen, die sie seit mehr als zwanzig Jahren nicht mehr gebracht haben. Das ›Monarchistische Elend‹, so sagen die Experten, kann aufgrund einer merkwürdigen psychischen Kraft, die vom Champion ausgeht, verursacht werden, einer Kraft, die ansonsten stabile Gegner spielunfähig werden und wie Kinder plappern läßt. Zwei Wochen nach dem Spiel sind sie dann wieder völlig normal, ruhig und zuversichtlich, daß sie den Champion in einem Revanchespiel schlagen können. Aber Revanchespiele sind selten, und in einem Turnier kommen sie schon überhaupt nicht vor.

Der Champion hält eine der erstaunlichsten Siegesbilanzen in der Geschichte des Schachs, über fünfundneunzig Prozent, glaube ich, wobei das Gros seiner wenigen Niederlagen aus der Zeit stammt, als er vor seinem fünften Geburtstag Großmeisterschach spielte, und die daher kaum zählen. Seit dem Alter von zwölf Jahren ist seine Bilanz schier perfekt: Er hat zwei Partien verloren und vierunddreißig Remis gespielt, wobei die beiden Niederlagen am Ende bereits gewonnener Turniere durch Nichterscheinen zustandekamen. Wenn ich von dem achtzigprozentigen Gewinnfaktor spreche, rede ich also nicht von dem Champion, der sogar die übermenschlichen Leistungen eines Fischer oder Alechin übertrifft. Er ist der Champion, wenn auch ein inoffizieller, weil er sich weigert, gemäß FIDE-Reglement zu spielen. Sich *weigerte*, hätte ich natürlich sagen müssen. Ich spreche von einer früheren, unkomplizierteren Zeit, bevor die Overlords das Ende des Universums dekretierten.

Der inoffizielle Champion hat mich also in Buenos Aires zum Gespött gemacht, in Rio verlacht, in Moskau auseinandergenommen. Aber New York war eine ganz andere Sache; ich wußte, daß ich ihn in New York drankriegen konnte. Als er zur angesetzten zwölften Partie des Turniers antrat, des Turniers seiner gesicherten Niederlage, geschah das mit einem gewissen Ausdruck der Furcht, die selbst dem unbeteiligtsten Zuschauer auffiel (erbärmliche Gestalten im Hintergrund, die nur deswegen den Club aufgesucht hatten, um dem Schneesturm zu entfliehen, und die sich nach der Entrichtung von fünf Dollar für ihren Stehplatz fast sofort wie ein Sack Muscheln an die Wand lehnten und in einen Halbschlaf fielen).

Der Champion zitterte, als er sich an das Brett begab; weil ich bereits fünf Minuten vor Eröffnung der Partie erschienen war, konnte ich ihn neben dem Tisch stehend begrüßen, und die ziemlich offiziell wirkende Geste, mit der ich ihn aufforderte, Platz zu nehmen, war derart ungalant und gleichzeitig überheblich, daß sie der versammelten Menge diverse Ohs, Ahs und Stöhnlaute entlockte.

Der Champion, wie er vergrätzt Platz nahm, hörte dieses Stöhnen und versuchte, keine sichtbare Reaktion zu zeigen und diese eisige Haltung zu bewahren, für die er so berühmt ist, aber ich konnte ein Beben der Wangenknochen registrieren, und die Hand, mit der er nach dem weißen Damenbauern griff, war auch nicht ganz ruhig. Ich machte mich unverzüglich daran, einen vernichtenden Zentrumsangriff zu starten.

Bereits beim siebten Zug war es offenkundig, daß ich ihn böse in der Mangel hatte. Eine hastige Entwicklung des Damenflügels hatte seine Bauerndeckung aufgerissen; ein fragwürdiges Damengambit hatte eine Schneise geschlagen, die es mir ermöglichte, auf seinem Königsflügel Druck zu machen, dem er fast nichts entgegensetzen konnte. Obwohl der inoffizielle Champion für die Schnelligkeit seines Spiels berühmt war, nach vierzig Zügen fast immer mehr als eine Stunde gegenüber dem Gegner im Vorteil war und fast immer innerhalb von drei Minuten nach dem Zurücksetzen der Uhr zog, hatte er für diese ersten sieben Züge schon sechsundvierzig Minuten benötigt, zwölf davon allein für den sechsten Zug. Als ich meinen achten Zug machte und einen Springer herausbrachte, der ihn nach weiteren vier Zügen zu einer überhasteten großen Rochade zwingen würde, sah ich Verzweiflung in seinen Augen lodern, und dann erhob er sich unter dem Verlust wertvoller Zeit ruckartig vom Tisch und ging hinter die Bühne, wo er sich einige Momente aufhielt; dann tauchte er mit einem langsamen und müden, staksigen Gang wieder auf, setzte sich mit einem Seufzer an das Brett und führte mit zittriger Hand einen Bauernzug durch. Da wußte ich, daß ich ihn hatte. (Nie zuvor hatte ich vorausschauender spielen können; nie zuvor hatte ich mein Spiel besser unter Kontrolle gehabt; ich verspürte eine Vorahnung, diese seltene Kraft, die selbst bei Turnierschach vielleicht nur in einer von hundert Partien auftritt.)

Ich war dabei, dem Champion im offiziellen Großmeisterspiel seine erste Niederlage nach acht Jahren zuzufügen. Dabei würde ich ihn nicht nur zerschmettern und völlig zerstören (denn ich wußte, daß er eine labile psychische Konstitution besaß), sondern ich würde auch meine eigene Karriere maßgeblich vorantreiben; ich würde nun für alle Zeiten *der Mann, der den Champion geschlagen hatte,* sein, und das würde meinen Status deutlich verbessern, den Absatz meiner Bücher ankurbeln (die sich bisher wegen Louis' dreister Aneignung meiner eigenen Ideen, was meine prospektive Leserschaft halbierte, nur sehr schleppend verkauft hatten) und sogar meine Tourneetantiemen erhöhen. Beim Gedanken daran drang ein unziemliches, fast größenwahnsinniges Keckern aus der Tiefe meiner Kehle. Ich konnte es nur mit maximaler Konzentration unterdrücken, und nur mit physischer Anstrengung konnte ich verhindern, daß ich mir die Hände rieb und vor Vergnügen buchstäblich laut auflachte. Rio, Buenos Aires und Moskau fielen nun von mir ab; es gab jetzt nur die Realität von New York, meiner Heimatstadt, und den Ort meines prospektiven Aufstiegs. Im Alter von achtundvierzig Jahren, sieben Monaten, zwei Tagen und ein paar Stunden stand ich allein vor dem Thronsaal des Schachs, auf der Schwelle seines Eingangs.

Dann schaute ich auf, um das Brett für meinen nächsten unvermeidlichen Zug zu überfliegen, und bekam fast wie durch Zufall Augenkontakt mit dem Champion.

Er hing über dem Brett wie die Pik Sieben, seine Körperhaltung war eine Parodie auf die eines Tieres. Diese Augen strahlten jedoch ein höchst unheiliges Licht aus, und als ich beim Blick in seine Augen zum erstenmal die Wirkung dessen erahnte, was ich ihm angetan hatte, verstand ich mit einemmal alles, verstand sogar die Wurzeln des sogenannten Monarchistischen Elends.

Der Champion war ein verwundetes Tier; der

Champion war ein großes wildes Tier, das in einer Falle tobte, aber es war keine würdige Falle. Vielmehr war es die schmutzigste und erbärmlichste Sorte von Grube, in der er wütete, und seine Augen, die zu mir aufblickten, verrieten eine derartige Angst, daß ich mich mit Gewalt von diesem Blick abwenden mußte und mich verzweifelt im Raum nach der Quelle umsah, die eine solch enorme Angst induzieren konnte – aber es gab nur mich, die Schachfiguren und die faszinierten Zuschauer. Als ich dann wieder Augenkontakt mit ihm suchte, wurde mir alles klar, sogar die Wurzeln der Kraft des Champions: Er konnte nicht geschlagen werden, weil es die Angst vor der Niederlage war, die ihn vernichten würde. Völlig von der Rolle, weinend und schreiend würde er über dem Brett mit den durcheinandergeworfenen Figuren zusammenbrechen, und seine Schreie würden in der Halle widerhallen. Und ich konnte ihm das nicht antun. Ich konnte ihn nicht schlagen, weil ich, beim Blick in diese Augen, nicht für das verantwortlich sein konnte, was ihm dann widerfahren würde.

Und so war die Quelle des Monarchistischen Elends nicht die Stärke des Champions, sondern seine *Schwäche*, die Bloßstellung dieser verkorksten, gebrochenen Karikatur in uns, die uns zu Schachspielern gemacht hat, vielleicht auch nicht, es ist auch unerheblich. Nachdem die Schichten seines Selbst freigelegt worden waren, wirkte der Champion höchst erschreckend und grotesk, ein Anblick, der unerträglich war, denn er war nicht für geistig gesunde Menschen gedacht… und indem ich in seine Augen gezerrt wurde und alle Barrieren seines Selbst niederriß, erkannte ich, daß ich ihn nicht schlagen konnte, es nicht wagte, ihn zu schlagen, nicht dafür verantwortlich war, was geschehen würde, wenn er das Spiel verlor. Ich konnte es nicht tun. Bedauern Sie mich, meine

Herren; ich zog mich von dem Abgrund des finalen Sieges zurück. Ich konnte ihn nicht vernichten. Ich konnte ihn einfach nicht vernichten.

Und so, in dieser Position über dem Brett erstarrt und in mich versunken, durchlief ich diesen Augenblick der Einsicht, wobei dieser Augenblick sich über einen langen Zeitabschnitt erstreckte und mich einhüllte wie eine Decke. Ein schwaches, leises Stöhnen kam vom Champion, Rülpser und Keuchen und leise Klicklaute wie von einem halberstickten Baby. Dann versuchte ich mit einem Kopfschütteln eine meiner Figuren zu ergreifen, fand sie merkwürdig glitschig, ließ sie fallen (es war wieder der Springer) und ergriff die Dame selbst, wobei diese sich ungewöhnlich körnig anfühlte, mit dem kleinen knorrigen Kopf zwischen den Fingern und ihren blinden Augen, die Löcher in die Finger schnitten, und dann schob ich die Dame leicht an und schnickte sie quer über das Brett, ich plazierte sie, meine Herren, ich plazierte sie *en prise* vor seinem Damenläufer und tauschte in einem grandiosen Opfergang die Dame gegen einen lächerlichen Springer ein. Dann, als sich der ganze Gesichtsausdruck des Champions veränderte, als wieder Feuer in seine Augen kam, als seine Beine unter dem Tisch wie Flügel zu flattern begannen, stand ich auf, stand in New York auf, wie ich in Rio, Buenos Aires und Moskau aufgestanden war, eröffnete ihm mit perfekt ausdrucksloser Stimme: »Ich gebe auf, ich gebe auf« und verließ den Raum. Das Publikum starrte ehrfurchtsvoll, die Jury war verwirrt und der Schiedsrichter entsetzt. Und in meinem Zimmer im ersten Stock warf ich mich auf das Bett und weinte stundenlang, wobei ich, wie ich später erkannte, privat genau das gemacht hatte, was der Champion in aller Öffentlichkeit getan hätte – aber da gab es nicht den geringsten Unterschied; ich hatte die weitreichenden Konsequenzen betrachtet, die von meinem prospektiven Sieg über ihn ausstrahlten, und ich hatte sie für unerträglich erachtet.

Damals erkannte ich, daß ich keine Zukunft hatte.

Wenn die Overlords nicht aufgetaucht wären, hätte ich mich innerhalb eines halben Jahres ohnehin vom Turnierschach verabschiedet. Seit diesem Zeitpunkt hatte sich mein Spiel radikal verschlechtert. Fürwahr das Monarchistische Elend! Ich sage Ihnen, ich konnte es nicht mehr ertragen.

Jetzt kennen Sie den Grund für meine erbärmliche kleine Zuversicht.

VIERTES KAPITEL

Damenspringer b8–c6

So muß ich also meine schwächeren Figuren schnell entwickeln, während Louis sich zur Entfaltung eines frühen und unüberlegten Angriffs hinreißen läßt. Der Zwischenfall mit dem Champion war extrem unerfreulich und von ziemlicher Bedeutung für mein Leben, aber es tut mir bereits leid, daß ich so weitschweifig darauf eingegangen bin. Ich will weder von mir noch von dem Spiel einen falschen Eindruck vermitteln. Mein Spiel ist so stark wie immer; wenn es sogar nicht noch stärker geworden ist in diesem Schmiedefeuer. Es war bedrückend, auf diese Art gegen ihn zu verlieren, aber entscheidend ist letztlich, daß ich ihn hätte schlagen *können*; der Sieg hatte in meinem Ermessen gestanden, und es war nur Mitleid, das mich so handeln ließ, Bedauern und ein Übermaß an Mitleid.

In der Tat hat sich mein Spiel nicht im geringsten verschlechtert, sondern über die Jahre verbessert, und ich war in Topform, als dieses wichtige Turnier begann. Jetzt bin ich natürlich noch besser. Vergessen Sie, was ich vorhin gesagt habe; es war, was man (bei den Katholiken, glaube ich) eine ›falsche Beichte‹ nennt – eine Beichte, die nicht auf der Wahrheit, sondern auf einer Lüge beruht. Aber vor dem Angesicht Gottes hat eine falsche Beichte keine Relevanz und ändert nichts am Status desjenigen, der diese Beichte abgelegt hat. Es wäre am besten, das alles zu vergessen und so weiterzumachen, wie ich es bisher getan habe.

Mit gutem Beispiel vorangehen; das Beste geben, trotz gewisser gravierender Schwächen meiner Persönlichkeit, derer ich mir peripher bewußt bin. Man muß um jeden Preis weitermachen, insbesondere dann, wenn das Schicksal des Universums und all die Kräfte des Guten betroffen sind. Vergiß es. Vergiß das alles. Konzentriere dich auf das sich entwickelnde Drama.

Das Ziel ist, Louis die Gelegenheit zu einem mißglückten Angriff zu geben, der sich bald festfahren wird; dann wird es an der Zeit sein, aus meiner vernetzt koordinierten Position heraus zuzuschlagen und ihn zu vernichten. Langsam schiebe ich den Stuhl vom Tisch weg, gähne und kratze mich ziemlich verlegen, um den versammelten Milliarden zu demonstrieren, daß ich mich unter Kontrolle habe, leicht gelangweilt und etwas unkonzentriert bin und eine Erfrischung hinter der Bühne gebrauchen könnte. Sicherlich würden sie nichts dabei finden, wenn ich mich nach hinten verziehe, während Louis auch noch dort ist; es ist nicht meine Schuld, und nach einem ausgeführten Zug habe ich Anspruch auf eine Pause. Niemand wird deswegen den geringsten Verdacht schöpfen. Davon bin ich überzeugt. Und ich bin davon überzeugt, daß auch sie überzeugt sind.

So bewegt sich mein Stuhl mit einem leise schratzenden Geräusch, hörbar für einige Milliarden Wesen, Brüder und Schwestern im Geiste, unter den Augen der herrschenden Macht im Universum über den Boden. Ich haste hinter die Bühne und atme mehrmals tief ein, um mich zu beruhigen. Das Areal hinter der Bühne ist leer bis auf Louis, der zwischen riesigen Tabletts mit Gerichten steht, die für uns zubereitet worden waren: für den irdischen Gaumen kreierte Speisen von allen möglichen Welten: schmackhafte kleine Jupiter-Läuse, appetitliches exotisches Getier vom Asteroidengürtel und ein delikater kleiner Sirius-Parasit, der zunächst staubtrocken ist, sich aber explosionsartig in eine warme und flüssige Masse verwandelt, wenn man reinbeißt. Wir haben nicht schlecht gelebt während unseres Turniers. Wenn schon nichts anderes, so muß man den Overlords doch soviel zugute halten, daß sie sich in der Tat sehr fürsorglich um unsere leiblichen Bedürfnisse gekümmert haben. So haben Louis und ich in dieser kurzen Zeitspanne schon drei oder vier Pfund zugelegt; unter seinem Bart quillt ein Doppelkinn hervor, das mir früher nicht aufgefallen ist. Und mein Bauch wabbelt irgendwie gewichtig, wenn er sich frei bewegen kann. Wenn das alles vorbei ist, werde ich eine Diät machen und mich wieder auf mein Kampfgewicht herunterhungern. Wie ich schon sagte, ist Schach eine Ausdauersportart, und ein übergewichtiger Champion wirkt irgendwie nicht sehr vorteilhaft.

»Komm her«, winkt mich Louis mit einem Zeigefinger zu sich. Das ist eine Eigenart von ihm, die ich noch nie leiden konnte, im Grunde sogar abstoßend finde: die Art und Weise, in der er einen mit einer gewissen Überheblichkeit vereinnahmt. »Komm her«, wiederholt er rauh, winkt, nimmt ein Baguette vom Tisch und fängt ostentativ an zu mampfen. Terranisches Essen. »Das schmeckt gut«, befindet er, »ich habe so etwas noch nie gegessen. Das ist eine neue Variante an diesem Austragungsort. Wer auch immer sie sind, sie sorgen gut für uns.« Er schaut kurz zur Decke hoch, macht eine Bewegung mit der anderen Hand, und dann begreife ich. Er sucht nach Abhörgeräten und will sichergehen, daß wir nicht beobachtet werden.

»Das ist lächerlich«, höre ich mich sagen. »Wenn sie uns belauschen, dann tun sie das sicher auch jetzt. Wir können sie weder davon abhalten noch herausfinden, ob sie es tun oder nicht. Du bist ein echter Kindskopf, Louis.« Tatsächlich hatte ich bis zu diesem Moment ganz vergessen, wie sehr ich ihn haßte: beim Gedanken an seine bevorstehende Niederlage hatte ich sogar etwas Mitgefühl für ihn aufbringen können, aber jetzt, wo ich sehe, wie diese abstoßende Kreatur an dem Baguette nagt, erkenne ich, daß Louis' Part als Repräsentant der Mächte des Bösen ganz und gar kein Zufall ist. Ohne Zweifel ist er Satans ureigene Schöpfung; dieser großen, zusammengeringelten Schlange, die danach trachtet, die Welt zu erwürgen. »Vergiß es, Louis«, wiederhole ich, »wenn sie zuhören, hören sie zu; so einfach ist das. Worüber möchtest du sprechen?«

Sein Blick irrlichtert unstet umher. »Ich bin froh, daß du gekommen bist«, sagt er. »Ich hatte schon befürchtet, daß du eine Dummheit machen würdest, zum Beispiel mich nicht ernst zu nehmen und nicht zu kommen. Aber du zeigst Verstand, David.«

»Ich habe mit meinem Damenspringer auf f6 gezogen«, bemerke ich ziemlich sarkastisch. »An deiner Stelle würde ich zum Tisch zurückgehen.«

»Ja, das *werde* ich auch«, entgegnet er reichlich schnippisch und mümmelt an dem Rest des Stangenbrots, wobei einige Krümel aus dem linken Mundwinkel rieseln. »*Sicherlich* werde ich das. Ich habe die volle Absicht, mich wieder an diesen Tisch zu setzen, und übrigens, David, ist dein Angriff sehr wackelig; du kannst einen Ruy Lopez nicht auf die Art kontern, wie du es aufgezogen hast. Aber das hier ist viel wichtiger als eine Partie Schach, und ich muß mit dir reden. Es wird nicht lange dauern.«

»Was willst du, Louis?« frage ich mit in die Seiten gestützten Armen. Meine Diät hat bereits jetzt begonnen; es würde mir noch einfallen, in seiner Gegenwart zu essen. »Sag mir einfach, worum es geht, und das hurtig, wenn's beliebt. Sie können jeden Moment kommen.«

»Ich habe einige schlechte Neuigkeiten«, sagt er, wobei sein Blick erneut vom Fußboden zur Decke wandert, und dann streckt er die Hand aus, nimmt ein weiteres Baguette und winkt mich näher zu sich heran. Seine Zunge leckt über das Brot. »Sie haben uns angelogen«, eröffnet er mir mit einem heiseren Flüstern und übertönt die Worte mit einem knirschenden Geräusch, »die Sache ist nicht die, wofür wir sie halten.«

»Wirklich? Werde deutlicher.«

»Nein, mein Herr, wir spielen nicht im mindesten um die Zukunft des Universums. Die Overlords sind nicht das, wofür sie sich ausgeben: Vielmehr sind sie eine unbedeutende Sekte, die einen kleinen Sektor der Galaxis kontrolliert. Es geht nicht um einen Kampf zwischen Gut und Böse, wie sie uns glauben machen wollen.«

»Wirklich?« sage ich erneut. Wie ich ihn so anschaue, bekomme ich den Eindruck, daß der Mann verrückt ist. Vielleicht ist er noch irrer als die Overlords. »Worum spielen wir dann?« ziehe ich ihn auf.

»Für uns selbst, David! Dies ist nur ein Schaukampf für ein nach vielen Milliarden zählendes Publikum. Der Sieger wird als Meister gefeiert, und der Verlierer wird in einer universalen Übertragung öffentlich zu Tode gefoltert. Langsam natürlich.«

»Wie schrecklich.«

»Dieses Gerede über Gut und Böse, das Schicksal der Galaxien, sollte uns nur aufbauen und motivieren. Daran ist aber nichts. Wie ich schon sagte, handelt es sich bei ihnen nur um eine kleine, sehr fanatische Sekte, die ab und zu, so alle tausend Jahre, mal von der Zentralverwaltung von der Leine gelassen wird. Wir tragen nur einen Wettkampf aus, das ist alles.«

Eigentlich sollten mich diese Informationen schokken, aber irgendwie gehen sie zum einen Ohr hinein und zum anderen wieder hinaus, als ob ich auf Durchzug gestellt hätte. Ich habe Louis nie für besonders glaubwürdig gehalten; dies ist ein Teil des Problems, aber der andere ist, daß ich weiß, der Mann liegt falsch. Ich kenne die tatsächlichen Konsequenzen des Turniers. »Wo hast du das her?« frage ich.

Er setzt einen verstohlenen Blick auf. »Das kann ich dir nicht sagen«, meint er, »das ist alles, was ich weiß, aber glaube mir, die Information ist echt. Es ist nur ein Wettkampf, David.« Er würgt den Rest des Brotes hinunter und holt sich noch eine Handvoll Läuse. »Wir sind belogen, manipuliert und die ganze Zeit verarscht worden. Hier geht es um nichts anderes als um das Spiel. Es geht nur um Schach. Nicht um das Leben. Das ist alles.«

»Wenn du mir deine Informationsquelle nicht nennst«, sage ich, »wie soll ich dir dann glauben?«

Meine Stimme war etwas lauter als seine gewesen, und plötzlich führt Louis mit einer hektischen Geste eine Hand zu den Lippen, macht »Schsch!« und schüttet sich die Handvoll Läuse in den Rachen. »Leise«, ermahnt er mich. »Ich glaube, daß wir mit ihnen einen Handel machen können, aber nicht, wenn du es lauthals herausblökst, du Vollidiot.«

»Du weißt, Louis«, instruiere ich ihn, »daß ich dich niemals wirklich gemocht habe. Wir kennen uns jetzt dreiundvierzig Jahre und ein paar Monate, und Tatsache ist, daß ich dich nie leiden konnte.«

»Es ist mir verdammt egal, ob du mich leiden kannst oder nicht, David. Das interessiert mich überhaupt nicht«, erwidert Louis gewichtig. »Bei dieser Sache geht es nicht um Sympathie oder Antipathie, verstehst du? Ich sage dir die Wahrheit; wenn dir die Quelle nicht gefällt, ist das dein Problem.«

»Hör mir jetzt zu«, sage ich beherrscht, »hör einfach zu.«

Ich sehe mich schnell im Bereich hinter der Bühne um; die hohen, fluoreszierenden Wände, das lange Buffett, der dunkle, gewachste Glanz des Fußbodens, die fragilen, glühenden Röhren, durch welche die atembare Luft strömt. »Sie würden so etwas nicht aufziehen, nur um eine einfache Schachpartie, einen persönlichen Wettkampf, zu veranstalten. Diese Ausgaben, diese Öffentlichkeitsarbeit stehen in keinem Verhältnis zu einem banalen Spiel. Nein, Louis, du willst dich nur nicht der Realität stellen. Da ist etwas in dir: Du erkennst nicht die Konsequenzen dieses Turniers, du bist nicht stark genug dafür. Du bist immer schon der Schwächere von uns beiden gewesen, und jetzt konstruierst du ein Phantasiegebilde, um dem Druck zu entkommen. Aber Tatsache ist, und ich weiß es aus berufenem Munde, daß dies hier Armageddon ist. Das ist es. Das große *A*. Apokalypse. Das Ende schlechthin.«

»Nein.« Er beißt sich auf die Lippe. »Nein, das ist es überhaupt nicht. Oh, wie kann ich es dir nur begreiflich machen? Wie kann ich dich nur dazu bewegen, die Tatsache zu akzeptieren, daß wir gelinkt worden sind, wir beide?«

»Kannst du nicht.«

»Aber ich muß«, setzt er energisch nach. »Sie wußten, daß sie uns nur dann zu Höchstleistungen bewegen konnten, wenn sie uns irgendeine Story über die Apokalyse oder Armageddon auftischten, und wir haben ihnen das abgenommen. Ich ja auch, bis ich schließlich die Wahrheit erkennen konnte, aber dann bin ich immerhin so flexibel gewesen, entsprechend zu reagieren. Du aber bist das nicht. Wir sind getäuscht worden. Sie haben uns für ihre eigenen Ziele eingespannt, und in eben diesem Moment lachen sie über uns.«

Er schnippt ein paar übriggebliebene Läuse von den

Händen, wischt sie sich ab, greift nach dem auf einem höheren Regal plazierten Leckerbissen von Sirius und genehmigt sich einen kleinen Happen, wobei sein häßliches Gesicht in Ekstase verfällt, als er den Glibber schmeckt. »Umpf«, verbalisiert er erstickt und schluckt's hinunter. »Früher oder später wirst du es auch noch lernen, David.«

»Na schön«, sage ich. »Gut, angenommen, das ist wahr, was ich zwar keinen Moment konzediere, aber trotzdem angenommen, daß es stimmt, weil ich im Augenblick zum Scherzen aufgelegt bin, welchen Unterschied macht es? Das Turnier muß weitergehen.«

Er weicht vor mir zurück, und seine simplen Gesichtszüge verraten Erstaunen, wobei ihm ein Teil der Delikatesse aus den Mundwinkeln rinnt. »Meinst du das wirklich ernst?« fragt er. »Ist das denn ernst gemeint?«

»Natürlich ist es das.«

»David«, entgegnet er gewichtig, »du mußt verrückt sein. Ich weiß schon seit Jahren, daß du bekloppt bist, die ganze FIDE wußte es, aber aus Mitleid haben wir dich mitgezogen und es unter den Teppich gekehrt. Aber jetzt ist es wirklich zu viel, es ist nachgerade lächerlich.«

»Erzähl *du* mir nichts von verrückt«, retourniere ich. Zorn wallt auf, und etwas, das sich in mir aufgestaut hat, ist dabei, loszubrechen. »Tatsache ist, daß du schon dein ganzes Leben lang irre gewesen bist, Louis, und jeder weiß das. Aber ob es nur uns beide betrifft oder ob es, soweit ich weiß, um das Schicksal des Universums geht, ich frage dich nochmal. Welchen Unterschied macht es? Das Spiel muß weitergehen.«

»Du verstehst wirklich nicht, richtig? Wenn die Overlords uns die Unwahrheit gesagt haben, wenn wir nur so gegeneinander spielen, dann steht es auch in unserem Ermessen, ein privates Arrangement zu treffen.«

»Privates Arrangement?«

»Selbstverständlich«, bestätigt er. Er schaufelt sich noch eine Handvoll Läuse rein, das Schwein. »Es ist eine Sache, ob wir um einen enormen Einsatz spielen. Wenn wir es wirklich mit der Apokalypse zu tun hätten, würde sich jedwede Mauschelei natürlich verbieten. Aber wenn wir nur die Entertainer für Milliarden Leute abgeben, liegen die Dinge ganz anders.«

»Wie denn?«

»Ist doch klar, wir haben nichts zu gewinnen oder zu verlieren! Wir können in gegenseitigem Einvernehmen zu einer Einigung gelangen. Aber«, ergänzt er und kaut gierig auf den Läusen herum, wobei er nach Luft schnappt, als sie mit einer Luftblase in der Speiseröhre kollidieren, und dann einen kraftvollen Rülpser ausstößt, »ich muß zurück an den Tisch, David. Ich glaube, daß wir nicht länger abwesend bleiben können, ohne Verdacht zu erwecken. Wir sprechen später darüber. Auf jeden Fall werde ich dich dieses Spiel gewinnen lassen.«

»Mich das Spiel gewinnen lassen. *Laß* mich das Spiel gewinnen. Ich kann dich jederzeit schlagen, du Narr.«

Er zuckt die Achseln. Ich spüre, daß ich kurz davor stehe, zu heulen. »Aber ich *kann*«, bekräftige ich. Sein Blick fokussiert sich auf etwas im rechten Winkel zu uns.

»Ich werde nicht mit dir kämpfen, David«, meint er. »Ich weiß ja, wie überempfindlich du dieser Tage wegen deiner Fähigkeiten – oder der nicht vorhandenen Fähigkeiten, sollte ich vielleicht sagen – oft reagierst, und ich werde mich nicht einmal *ansatzweise* auf dieses Parkett begeben. Tatsache ist, daß wir, indem ich dich diese Partie gewinnen lasse und dir helfe, die Lücke zwischen uns zu schließen, mit Gleichstand in die einundvierzigste Partie gehen und dann eine Reihe von Großmeister-Remis hinlegen können. Wäre das nicht besser? Wir könnten das Turnier unendlich hinauszögern.«

Ich sehe ihn perplex an und bringe kein Wort heraus. Er bedenkt mich mit einem Blick, der irgendwo zwischen Abscheu und Mitleid oszilliert, wobei bei dieser Kreatur, der die meisten menschlichen Qualitäten abgehen, diese beiden Aspekte auf dasselbe hinauslaufen. »Gut, David«, sagt er, »ich bin mir sicher, daß du es jetzt begriffen hast. Wir spielen nur gegen uns. Dies ist ein Schaukampf, ob es dir gefällt oder nicht, und in einem Schaukampf darf man seine eigenen Arrangements treffen. Ich halte das wirklich für das Beste, David. Dir ist doch klar, daß ich dich vernichten würde, wenn wir so wie bisher weitermachten.« Damit schweigt Louis und geht schnell wieder auf die Bühne. Seine Figur, von hinten sogar noch fülliger als von vorne, schwabbelt unästhetisch, während er sich von mir entfernt, und für einen Moment schleicht sich ein Bild in meine Gedanken: In Tränen aufgelöst, wird Louis winselnd die absolute Richtigkeit meiner Aussagen bestätigen; meine Stärke, meine Logik, die unantastbare Würde meiner Position.

So beobachte ich ihn, wie er abzieht, wobei sich meine Gedanken wieder einmal in diesem abgehobenen, abstrakten Bereich bewegen, und erst nachdem er verschwunden ist, realisiere ich, wie sehr mich unser Gespräch aufgewühlt hat. Sicherlich war meine Selbstkontrolle während unseres Dialogs absolut; es wäre unmöglich für Louis gewesen, die Tiefe meiner Irritation auszuloten, aber nach seinem Abgang verhält sich die Sache jetzt ganz anders; ich schwitze und zittere und halte es für erforderlich, eine Handvoll Jupiter-Läuse zu schöpfen und sie in die geöffnete Höhlung meines Mundes zu werfen. Ich kaue und kaue mich ins Vergessen, mein sich ausbeulender Schlund saugt die zugeführte Nahrung ein, transportiert sie erzitternd weiter und deponiert sie in den Tiefen des Körpers.

Schockierende Neuigkeiten! Die Vorstellung, daß Louis und ich von den Overlords nur benutzt worden sind, daß die Overlords die Bedeutung unseres Turniers falsch dargestellt haben und daß das, worin wir involviert sind, kaum mehr als ein Schaukampf ist. Aber ich erinnere mich verzweifelt daran, während ich mich um eine gewisse Stabilität und Selbstkontrolle bemühe, daß Louis seine Behauptungen nicht im geringsten fundiert hat, daß er mir lediglich mit Hörensagen gekommen ist. Weil er in unseren Kreisen ohnehin als notorischer Lügner gilt, besteht kein besonderer Anlaß, die von ihm beschriebene Situation als gegeben zu akzeptieren.

Dennoch schleiche ich mich mit wackligen Beinen zum Bühneneingang zurück. Wenn seine Informationen auch nur die geringste Plausibilität aufweisen sollten, werde ich die ganze Situation neu bewerten müssen. Soviel steht fest. Ich bin liberal genug, um das zu sagen. Andererseits, wenn er mich belogen hat (und wie die meisten Großmeister ist Louis ein zwanghafter Lügner in allen Bereichen, die sich nicht direkt verifizieren lassen), kann ich ihm garantieren, daß er teuer für das bezahlen wird, was er mir angetan hat.

Die Lage ist verworren, in der Tat verworren, und ich kehre als ein viel älterer und erschöpfterer Mensch zum Spiel zurück, höre dabei wie immer zur Begrüßung das Gemurmel und den vereinzelten Beifall. Selbst unter diesen gefährlichen Umständen hat ein Großmeister gewisse Verpflichtungen: Ich lächele, winke und nicke der Menge energisch zu und gehe dann zum Brett zurück.

Während ich am Brett sitze und auf Louis' nächsten Zug warte, tagträume ich. Louis' Gesicht ist ausdruckslos; seine Arme sind um die Knie geschlungen; er ist gänzlich in die Konzeption seines nächsten Zuges versunken, die sich feucht in den Windungen seines Gehirns entwickelt. Ich störe diesen Denkvorgang nicht, denn es ist seit jeher ein fundamentaler Bestandteil der Schachetikette, daß man alles unterläßt, was die Aufmerksamkeit des Gegners ablenken könnte. Ich würde zwar gerne mit den Fingern auf der Tischplatte herumkrabbeln: pfeifen, singen, die Gelenke knacken lassen oder, wie der selige Emmanuel Lasker, eine Riesenzigarre aus der Brusttasche ziehen und dem Gegenüber große Rauchwolken ins Gesicht blasen ... aber ich weiß nicht, ob ich damit durchkäme, und überhaupt wäre jetzt, bei der fünfzehnten Partie unseres Turniers, nicht der geeignete Augenblick, mit solchen Aktionen zu beginnen. Die Einsatzplanung für Störmanöver hätte schon viel früher erfolgen müssen, falls überhaupt.

Also gestatte ich meinen Gedanken, sich vom Brett zu lösen. Wie ein Mop, der von einer fleißigen Putzfrau geschwungen wird, jagen sich meine Gedanken in engen nassen Kreisen, die sich konzentrisch um mich ausdehnen, und bald überwältigt mich ein Gefühl der Entrücktheit, das so friedlich ist, daß ich glaube, tatsächlich den Zustand des Friedens erreicht zu haben. Generell besteht das Schachspiel überwiegend aus Tagträumen; jeder Großmeister weiß das. Man kann diese Konzentrationsspitzen nur für eine begrenzte Zeit aufrechterhalten; die meiste Zeit der Partie wird dafür verwendet, auf den nächsten Zug des Gegners zu warten, und es ist erstaunlich, wohin die Gedanken in diesen Phasen überall abschweifen.

Beim Betrachten von Louis, seinem nichtssagenden Gesicht und den über dem Brett ineinander verschränkten kräftigen Händen, bewundere ich seine Gelassenheit. Wenn man ihn sich so ansieht, ist es kaum vorstellbar, daß er vor noch nicht einmal zwei Minuten die erstaunlichen Informationen ausgeplaudert hat, über die ich schon berichtet habe. Ganz im Gegenteil, sein Gesicht hat nun einen gedankenschweren Großmeisterausdruck angenommen; er scheint sein Umfeld fast nicht wahrzunehmen, so intensiv projiziert er sich auf das Brett. In diesem frühen Stadium der Partie ist es seltsam, daß er einem simplen Antwortzug so viel Zeit widmet, aber ich habe ihm bereits eine Menge zu denken gegeben ... und im Rahmen unseres Handels ist es vorstellbar, daß er das Spieltempo absichtlich verlangsamt, um mir mehr Zeit zu lassen, seine Informationen zu überdenken. Dies ist eine plausible Annahme.

Ich denke an die vielen verschlungenen Pfade, auf denen sich meine Schachleidenschaft entwickelt hat. Natürlich hätte ich auch vieles andere mit meinem Leben anfangen können; ich hätte Mathematiker oder vielleicht Physiker werden können; ich hätte Kryptogramme oder sonstige Rätsel für Zeitschriften konzipieren können, wobei sich in jedem Fall die Ästhetik des logischen Denkens mit Innovation verquickt hätte. Aber für mich war es von Anfang an Schach; von dem Augenblick an, als ich mit acht Jahren von meinem Vater ein kleines Schachspiel bekommen hatte, als ich mal krank war (er sollte es zeitlebens bereuen), interessierte mich im Leben nur eines, und das war Schach, dieses großartige Spiel, das mir während der letzten vierzig Jahre so viel Befriedigung – von Tantiemen ganz zu schweigen – beschert hat. Im letzten Jahr, dem letzten Kalenderjahr vor diesem unglücklichen Ereignis, konnte ich fünftausendvierhundert Dollar (plus Spesen) an Turniergeldern einsacken. Weil ich kaum Gelegenheit habe, mein Geld auszugeben, und meine

Spesen vollständig ersetzt werden, war das eine erkleckliche Summe, mehr als ich mir bisher hätte vorstellen können. Fast der ganze Betrag ist meinen Ersparnissen zugeführt worden.

Louis fängt jetzt an zu transpirieren; Schweißtröpfchen perlen sachte von der Stirn und versickern in seinem Bart. Ich sehe ihn angelegentlich an und suche Augenkontakt, aber sein Blick wird verstohlen, die Augen fallen nach unten, und mit gefalteten Händen fixiert er das Brett. Es ist offenkundig, daß er es bereits bereut, mir diese Informationen gegeben zu haben; unsere Urfeindschaft ist ihm nie so bewußt geworden wie jetzt. Wie ich ihn auf diese Art anblicke und sehe, wie sich diese Kreatur windet und krümmt, überkommt mich plötzlich mit erschreckender Klarheit die Erkenntnis, daß er nicht gelogen hat. Seine Reaktion wirkt viel zu gestresst, um gespielt zu sein; wenn er schon nicht die Wahrheit sagt, dann sagt er zumindest das, was er für die Wahrheit hält. Ich habe den Eindruck, daß meine Eingeweide ob dieser plötzlichen Einsicht ihre Position verändern; für einen Moment scheinen sie über dem Magen zu liegen statt in ihrer normalen und bequemen Lage unter ihm, und ein Gefühl der Übelkeit überkommt mich, Wogen des Ekels durchlaufen mich. Das Schachbrett, dieser Brennpunkt der Konzentration, dreht sich unter mir. Ich bin nicht mehr imstande, mich weiter darauf zu konzentrieren, und für einen Augenblick scheint alles zu schrumpfen und kleinste Proportionen anzunehmen.

Wie aus großer Höhe schaue ich auf einen winzigen Louis, ein miniaturisiertes Brett und eine infinitesimale Punktreihe auf diesem Brett, die wohl die Schachfiguren sein müssen. Ist das möglich? Sehe ich die Dinge jetzt aus der wirklichen Perspektive? Habe ich mein Leben einer Schimäre gewidmet, meinen Fokus auf ein derart enges Spektrum von Objekten und Handlungen reduziert, daß man sie kaum noch als existent bezeichnen kann?

Diese Fragen sind verwirrend, aber noch verwirrender ist die Serie von Rülpsern und Stöhnlauten, die ich jetzt von mir gebe; ich klinge wie ein orientierungsloses, im Wald verlaufenes Tier (oder vielleicht denke ich auch an ein Tier im Schlachthaus, das an einem großen Gestell hängt und fertig zum Zerlegen ist). Leises Gemurmel und Keuchen entsteigt mir, ein letztes Rucken geht durch meine Eingeweide, und das Brett kommt mit großer Geschwindigkeit auf mich zugeflogen, nimmt massive Proportionen an, wächst und wächst in meinem verzerrten Bewußtsein, bis es durch irgendeinen Umkehreffekt nicht mehr winzig ist, sondern buchstäblich die Welt auszublenden scheint. Die Figuren sind *riesig*, die wandernden Springer und Läufer zu grotesken Proportionen angeschwollen. Während diese Figuren vor mir ausschwärmen, die Pferde ihre mit gigantischen Zahnreihen armierten Mäuler aufzureißen und die Reiter mich mit ihren Lanzen aufzuspießen scheinen, wird mir klar, daß ich sehr krank bin.

Ich sehe zu Louis hinüber, der ebenfalls aufgedunsen und angeschwollen ist, wobei eine Reihe roter Linien die weiße Oberfläche des aufgeblähten Gesichts überzieht, das zu mir herüberschaut. »Ich bin sehr krank«, sage ich zu ihm. »Entschuldige mich, ich bin sehr krank, ich brauche Ruhe, ich brauche Erholung, ich brauche Hilfe.« Und dann schiebe ich den Stuhl vom Tisch zurück. Er quietscht über den Boden.

Ich erinnere mich an ein Turnier in Paris, bei dem einer der Teilnehmer – ich glaube, es war Nielsson – einen Gehirnschlag erlitt, während er sich mitten in einer Zwei-Springer-Verteidigung befand, und er mußte von seinen Sekundanten hinausgetragen werden, wobei seine Hände noch immer zuckten, als ob sie die beiden Springer packen wollten. Das vergrößert meine Angst nur noch; es ist eine Katastrophe, in aller Öffentlichkeit schlapp zu machen. Es hat so etwas Erniedrigendes. Der Tod ist an sich schon schlimm genug, aber in der Öffentlichkeit zu sterben, wäre wirklich das Geschmackloseste.

Louis starrt mich teilnahmslos an. Verzweifelt reiße ich mich vom Stuhl, tapse wie ein Greis und mache ein paar taumelnde Schritte zum Bühnenausgang. Ich versuche, Luft in die Lungen zu saugen, die scheinbar dünn wie Papier sind und aus einem Drahtgeflecht bestehen, das dem Vorgang des Einatmens nicht standhalten kann. Dann schließlich, wie ich in Panik dastehe, spüre ich, wie mich Tentakel umschlingen und die glatten, schleimigen Schuppen der Overlords sich um mich legen. Halb gezogen, halb durch ihre Masse gestützt, werde ich hinter die Bühne gezerrt. In den fremdartigen Augen, mit denen sie mich mustern, scheint sich Besorgnis zu spiegeln (aber auch hier kann ich natürlich mancherlei Fehlinterpretationen unterliegen), und sie scheinen mir weniger zu helfen als mich zu bedrohen. Wer könnte das schon sagen? Wer könnte das schon wissen? Das Leben, diese Situation, die wahren Beweggründe der Overlords sind oft so unergründlich wie das Schachspiel selbst. Während ich unter den gedämpften Rufen des Publikums hinter die Bühne gebracht werde, geschieht das mit dem Gefühl, daß ich diese Sache vielleicht nie zum Abschluß bringen und, an den glitschigen Schuppen schabend, in den Abgrund endgültiger Ungewißheit stürzen werde.

Königsspringer

Während dieser *Interzonals* gab es in Lima lokale politische Unruhen, die es uns für einige Zeit unmöglich machten, die Einrichtungen unseres Hotels zu nutzen; Revolutionäre bedrohten angeblich den demokratisch gewählten Präsidenten, und dieser hatte es für das Beste gehalten, alle öffentlichen Veranstaltungen zu streichen. Die FIDE hatte ziemlich energisch versucht, ihn davon zu überzeugen, daß Schach kein Massenereignis, sondern eine vergleichsweise private Veranstaltung wäre und daß zu keiner Zeit mehr als dreißig oder vierzig Zuschauer, Teilnehmer und Schiedsrichter im großen Ballsaal des Hotels präsent sein würden. (In jenen Tagen hatte Schach noch nicht seine erstaunliche internationale Reputation und dieses hohe Publikumsinteresse erreicht; fünfzig Dollar plus Spesen galten damals als schönes Preisgeld, das man nach einem dreitägigen Turnier für einen der vorderen Plätze mitnehmen konnte.) Der Präsident ließ sich jedoch nicht überzeugen. Er befürchtete, daß als Schachjünger verkleidete Meuchelmörder sich im Schutze des Turniers irgendwie in das Hotel einschleichen und dort eine revolutionäre Zelle etablieren würden, welche die demokratisch gewählte Regierung stürzte. Ich habe die südamerikanischen Machthaber noch nie so richtig verstanden. Auf der anderen Seite würde unser Regierungssystem den Südamerikanern zweifellos exotisch vorkommen; zumindest hat es auf *mich* immer so gewirkt.

Da waren wir also, im Hotel Crillon in Lima, Peru (die FIDE hatte für uns das einzige angemessene Hotel im Umkreis ausfindig gemacht). Vierzehn Teilnehmer, ihre Sekundanten und die Schiedsrichter gingen in Klausur und rödelten in den feuchten Sektionen dieses großen Hotels herum. Am dritten Tag unserer Klausurtagung war ich so kribbelig, daß ich mich auf eigene Faust dazu entschloß, eine Tagestour nach Cuzco, der untergegangenen Inkastadt, zu machen, wo großartige Ruinen von Buden umgeben werden, die Repliken der Artefakte feilbieten. Skittles hatte schon lange den Punkt des abnehmenden Ertragszuwachses erreicht, und ich wußte auch sonst mehr über meine dreizehn Großmeisterkollegen, als mir lieb war. Schach auf Großmeisterniveau ist natürlich eine sehr intime Angelegenheit: Es gibt immer nur eine begrenzte Anzahl von Großmeistern, und die Zahl derer, die gleichzeitig auf Turnieren spielen, ist noch viel geringer. Unsere kleine Truppe war in diesem Sommer von der Schweiz über Salt Lake City und Berlin nach Lima getourt, und zwar ohne jede grundlegende Veränderung in unserem Verhältnis zueinander – das schlecht war.

Großmeister können einander überhaupt nicht ausstehen. Ich bin einer der wenigen zivilen und vernünftigen Mitglieder der Gruppe. Louis ist da in jeder Hinsicht ein markanterer Vertreter.

Also ab nach Cuzco, die verlorene Stadt der Inkas ansehen. Nach vielen Jahren der Reisetätigkeit verspürte ich zum erstenmal wieder ein *Raumgefühl;* Schachpartien werden in abgeteilten Räumlichkeiten ausgetragen, düsteren Nischen, die alle gleich aussehen und riechen. Ob man sich zu einer gegebenen Zeit nun in der Schweiz oder in Salt Lake City befindet, kann oft nur anhand des Kalenders bestimmt werden; drinnen sieht alles gleich aus, und das Spiel ändert sich natürlich auch nicht. Wie Ihnen jeder Mathematiker sagen kann, geht die mögliche Anzahl der Züge in der Anfangsphase einer Partie in die Millionen, aber dennoch verfügt Schach über eine unbestreitbare Konstanz. Ein Aspekt hiervon ist, daß man immer mit den gleichen sechzehn Figuren spielt und ständig denselben Gegnern mit derselben Spielstrategie gegenübersitzt. Die sogenannte infinite Variation ist dann vielleicht doch etwas geringer, als die Popularität des Spiels es erwarten lassen könnte.

Aber in diesen revolutionären Zeiten in Peru verspürte ich ein plötzliches, verzweifeltes Bedürfnis, *rauszukommen* und nach allzu vielen Monaten in luftleeren Räumen, in denen ich nur Holz bewegt hatte, wieder ein gewisses Raumgefühl zu entwickeln. Mit einem Seufzer bestieg ich das kleine Flugzeug für den dreistündigen Flug und bemerkte dabei, daß viele der anderen Passagiere schon gewisse Anzeichen von Übelkeit zeigten.

Erst später erfuhr ich, daß der Flug von Lima nach Cuzco im Ruf steht, einer der schlimmsten überhaupt zu sein. Beim Aufstieg in die Berge veränderte sich die Qualität der Luft. Sie wurde viel dünner, und man empfahl uns, die Sauerstoffmasken anzulegen, weil die Kabine nicht über Druckausgleich verfügte. Meine Maske schmiegte sich an die Wangenknochen und nahm mir so das halbe Sichtfeld. Es war beängstigend, aber es reichte, den Anblick der Berge zur Rechten und Linken auszublenden. Manchmal erschienen sie aber auch über uns, als das Flugzeug in die Täler absackte, als ob es landen und nicht aufsteigen wollte, was es eigentlich tun sollte. Jetzt begannen die Leute, sich in ihre Sauerstoffmasken zu erbrechen. Als routinierter Fahrensmann, der ich war, mußte ich das nicht. Aber als wir in Cuzco landeten, waren meine Knie ganz schön weich, und ich zitterte für einige Augenblicke in meinem Sitz, bevor ich aufstehen und an diversen grün angelaufenen und zusammengesackten Figuren vorbei zur Kabinentür gehen konnte. Auf dem Rollfeld lehnte mit gequältem Gesichtsausdruck ein Mann in Army-Klamotten am Flugzeug und ließ eine Mütze in einer starren Hand baumeln. Wie ich später erfuhr, war das der Pilot.

Ab zu den Ruinen von Cuzco. Es wird empfohlen, hörte ich alsbald (ich habe den Baedeker erst hinterher gelesen; ein böses Versäumnis), daß man seinen ersten Tag in Cuzco im Bett verbringen solle, um sich in der dünnen Höhenluft zu akklimatisieren und an den reduzierten Sauerstoffgehalt im Gebirge zu gewöhnen. Doch ich wußte das damals noch nicht und unterließ deshalb jegliche Anpassungsmaßnahmen; ich war nämlich nur auf einem spontanen Ausflug, und so nahm ich eine halbe Stunde nach meiner Ankunft an einer Führung durch die Ruinen teil, anstatt mich zu akklimatisieren. Daher fragte ich mich, warum meine Atmung so ungleichmäßig ging und weshalb da ein kleines, tödliches Tier in meiner Brust rumorte.

»Entschuldigen Sie«, sagte ich beim Erreichen der Gruppe zu dem Reiseleiter, einem eleganten Mann in einem Gewand, »ich fühle mich nicht gut; es muß irgendwie am Hotelessen liegen. Ich bin Teilnehmer eines internationalen Schachturniers, ein Großmeister, genauer gesagt, und spiele unten in Lima.« Ich fragte mich, warum ich mir solch merkwürdige, distanzierte Blicke von den Touristen zuzog; es mußte etwas mit der Luft zu tun haben, überlegte ich, mit der seltsamen, subtilen, drückenden Hitze dieser Gegend, die mir reichlich tropisch erschien, als ich zu der Touristenschar stolperte. »Eigentlich«, deutete ich auf den Reiseleiter, ergriff vertraulich seine Hand und führte ihn ein Stück von den anderen weg, »würde ich genau in diesem Moment an den *Interzonals* teilnehmen und vielleicht in einer Sizilianischen Verteidigung stecken, es sei denn, daß irgendeine Revolution in eurem Land stattfindet und der Präsident das Turnier abgesagt hat. Verdammte kleine Arschlöcher, eure Revolutionäre, eh?« meinte ich zu dem Führer, dessen betrübter Gesichtsausdruck sich partout nicht legen wollte. Obwohl ich das vertraulich behandelt wissen wollte, schienen die Touristen das mitbekommen zu haben.

»Na schön«, sagte ich zu ihnen, »wenn ihr das so seht, wenn ihr pampig werdet, nur weil ich versuche, mich an euer Land zu gewöhnen, werde ich nichts mehr sagen, kein einziges Wort.« Ich zuckte die Achseln auf eine lässige Art, die ich noch nie zuvor an mir bemerkt hatte, entfernte mich von dem Reiseleiter und mischte mich in einer Positur, die ich für unauffällig hielt, unter die Touristen. »Laßt uns gehen«, regte ich während einer langen, bedeutungsschweren Pause an. »Laßt uns gehen und diese gottverdammten Ruinen ansehen. Vorausgesetzt natürlich, daß das alles nicht sowieso ein Schwindel ist oder die Führung wegen eurer Revolution ebenfalls abgesagt wurde.«

Im Rückblick ist leicht zu erkennen, daß meine Ungnade durch psychogene Veränderungen verstärkt wurde, daß das, was eine gewisse Überdrehtheit und ein Rauschzustand zu sein schien, nur auf die Höhenluft zurückzuführen war. Doch damals kam mir mein Verhalten erstaunlich kontrolliert und absolut rational vor. Ich war nicht in der Lage, zu erkennen, weshalb die Gruppe auf einmal eine gewisse Reserviertheit an den Tag gelegt hatte.

Nichtsdestoweniger begann die Führung, und der Reiseleiter nahm die Tickets mit einem unbehaglichen Gesichtsausdruck entgegen. Seine Hand zitterte, als sie sich der meinen näherte, um das Ticket zu ergreifen. Meine Gedanken waren merkwürdig klar, obwohl diese Klarheit zum größten Teil sicher nur Halluzination war. Dann trotteten wir von dannen, fünfzehn Touristen unterschiedlicher Nationalität und ich selbst, und bewegten uns beschwerlich durch die alte Stadt Cuzco. Meine anfängliche Überdrehtheit begann wieder der Müdigkeit und einem gewissen Bedauern zu weichen, daß ich mich selbst bloßgestellt hatte.

Ich beschloß, mich im Hintergrund zu halten. Ab und zu flackern diese Momente der Unsicherheit auf (wie ich vielleicht schon gesagt habe). Ich kann meine physische Befindlichkeit oft tagelang ignorieren. Es können Wochen vergehen, in denen ich nur an Turnierschach denke, und dann ereignet sich eine Kausalkette, die einen unangenehmen Eindruck von Körperbewußtsein hervorruft, eine träge Körperlichkeit, eine Wahrnehmung, daß ich am laufenden Band ins Fettnäpfchen trete, was zu meiner Verbannung aus den Reihen der Menschheit führen wird.

Es mag diese Verlegenheit gewesen sein, die mich überkam, als unsere kleine Gruppe mit baumelnden Kameras und gelockerter Kleidung die Wanderung durch die Artefakte der alten Inkas aufnahm. Es war sehr wichtig, daß ich mich in die Gruppe integrierte und nicht auffiel. Ich verspürte ein groteskes Gefühl, als ob ich aufgeblasen wäre.

Als ich die Haufen von Artefakten begutachtete, die in einigen der Gebäuden ordentlich in kleinen Glasvitrinen aufgestapelt waren und in die großen, dunklen Gruben starrte, in denen nach Aussage des Reiseleiters der Goldschatz der Inkas verborgen gewesen war, merkte ich, wie sich dieses Gefühl der seltsamen Schwere legte; es wurde von einem übergeordneten, faszinierenderen Aspekt abgelöst.

»Pizarros Eroberung war vollständig«, informierte uns der Reiseleiter, »die alte Inka-Zivilisation wurde völlig vernichtet, und die spanischen Söldner hatten Peru bald komplett kolonisiert. Trotzdem wurde

Pizarro nicht lange nach der Eroberung des Landes ermordet, angeblich von seinen eigenen Leuten in einem Machtkampf. Allerdings heißt es auch«, fuhr der Führer fort und schien dabei zu blinzeln, »daß er mitnichten von seinen eigenen Männern getötet wurde, sondern daß es der Fluch der Inka-Nation war, dem er zum Opfer gefallen ist. Wir wissen nichts Genaues«, meinte er, »aber es ist bekannt, daß sich hier in Cuzco die Überreste einer alten, vitalen Zivilisation befinden, die in vielerlei Hinsicht fortgeschrittener war als alle späteren Kulturen. Durch die Jahrhunderte sind Menschen gekommen und haben diese Artefakte bei der Suche nach dem durchkämmt, was sie für den verborgenen Schatz dieser Zivilisation hielten. Aber sie hatten natürlich keinen Erfolg.«

»Wirklich nicht?« fragte ich. Das Sprechen fiel mir ziemlich schwer, und nach meinem letzten Ausbruch hatte ich auch keine Lust, noch mehr Aufmerksamkeit auf mich zu ziehen, aber die Frage mußte einfach gestellt werden. »Ist man denn nie auf einen Hinweis gestoßen?«

»Nein«, sagte der Reiseleiter, »nicht auf den geringsten.« Er ging weiter; unsere kleine Gruppe bewegte sich stolpernd durch die Ruinen und mußte manchmal aufpassen, nicht die Balance zu verlieren. Die Lichtverhältnisse waren prächtig, das Sonnenlicht wurde überall reflektiert und tauchte langsam und entfernt in all die Ruinen. Während wir uns einen Weg durch dieses Trümmerfeld bahnten, kam mir etwas in den Sinn: Schach ist auch ein Artefakt, ein Trümmerfeld, das, wenn auch nur im Ansatz, die komplexen und schrecklichen Konturen einer lange untergegangenen Zivilisation nachzeichnet. Bei unserer besessenen Jagd kreuz und quer über das Brett, bei unseren Versuchen, die richtigen Kombinationen und Muster zu finden, die zu einem Verständnis des Spiels führen

(Das Prinzip des Schachspiels ist bisher nie ganz verstanden worden, nicht einmal von Fischer und auch nicht von Alechin), strebt jeder von uns, Großmeister und Stümper gleichermaßen, nur danach, ein glitzerndes und authentisches Artefakt ans Tageslicht zu bringen, das uns die Botschaft entschlüsselt und den Weg zu dem geheimnisvollen, verborgenen Schatz weist.

Dies ist eine Einsicht, die zwar nicht mein Leben verändert hat, aber dennoch hochinteressant war und in dieser besonders entscheidenden Phase meiner Existenz wieder in mein Bewußtsein rückt. Schach ist ein altes Spiel; man sagt, daß seine Ursprünge im Persien des zwölften Jahrhunderts liegen, aber primitivere Vorstufen können sogar noch weiter zurückverfolgt werden. Es gibt indessen eine höchst dezidierte Lehrmeinung, deren einziger Vertreter ich bin und die besagt, daß das Spiel irgendwann Mitte des sechzehnten Jahrhunderts in Peru erfunden wurde und daß alle nachfolgenden politischen Auseinandersetzungen in der Welt als eine Abfolge von mühseligen Versuchen verstanden werden müssen, zurück zu seinen Anfangsgründen zu gelangen. Völlig sicher kann man sich hier jedoch nicht sein. Die Geschichte ist eben eine schwierige und unexakte Wissenschaft.

Fünftes Kapitel

Läufer f1–c4

Die Halle ist mit großen Megaphonen bestückt, über welche die Schiedsrichter die erfolgten Züge direkt verkünden. Das dauert seine Zeit, denn diese Ansagen erfolgen jeweils in wenigstens fünfundzwanzig Sprachen, wobei natürlich mit Englisch begonnen wird. Während die Overlords mir beistehen, höre ich durch einen offenen Ausgang, wie Louis' nächster Zug angesagt wird. Er hat sich exakt diesen Zeitpunkt für seinen Zug ausgesucht, einen Zeitpunkt, an dem ich mich mit fremder Hilfe von der Partie zurückziehen mußte. Dies paßt trefflich zu seiner kleingeistigen, fiesen Persönlichkeit, genauso wie der Einsatz billiger Psychotricks zur unehrenhaften Erringung eines Vorteils, den er nie hätte erlangen können, wenn er sich meiner moralischen und aufrechten Spielweise befleißigen würde. Louis war schon immer auf der Suche nach solchen Vorteilen, aber dieser Augenblick markiert den absoluten Tiefpunkt seiner Karriere: einen Zug machen, während der Gegner gesundheitlich angeschlagen von der Bühne gebracht werden muß. Aber was kann man da tun? Meine Entschlossenheit ist ungebrochen; ich gelobe mir selbst, daß ich mich bald wieder aufrappeln und ihn teuer dafür bezahlen lassen werde, was er mir angetan hat.

Läufer auf **c4**. Das ist genau die Art von Zug, die man mit Louis assoziiert. In voller Präzision drängen sich die Konturen des Bretts und die Konstellation der Figuren in meine Gedanken, und ich erkenne jetzt, was er getan hat. Er hat seinen amateurhaften und unüberlegten Angriff durch die Positionierung des Königsläufers auf einem bedrohten Feld fortgesetzt, wo er bald das Opfer einer Reihe von cleveren Fallen werden kann, die ich für ihn legen werde. Die übliche Fortsetzung eines Ruy Lopez wäre natürlich **Lf4**, eine ausbaufähigere Position, wobei er den Läufer zudem noch mit dem Königsspringer decken könnte. Aber das ist ja noch nie Louis' Stil gewesen, ganz und gar nicht. Er ist wirklich ein schwacher Spieler. Es ist daher schon erstaunlich, daß er es im Großmeisterschach überhaupt so weit bringen konnte.

Aber momentan kann ich mich nicht weiter auf das Spiel konzentrieren, so mitgenommen bin ich von meiner unglücklichen Indisponiertheit. »Tut mir leid. Es tut mir leid«, murmele ich entschuldigend, während ich in einen großen, behaglichen Aufenthaltsraum gebracht werde, den ich noch nie zuvor gesehen habe. Dieser Raum hat etwas von einer Leichenhalle, mit seinen roten Vorhängen, der grünen Liege, vielen verstreuten Kissen und einer Schachtel mit Reinigungstüchern, die diskret auf einem unheimlich fluoreszierenden Tisch rechts neben der Couch plaziert ist. »Ich habe mir das nicht ausgesucht, macht euch keine Sorgen, die Mächte des Guten werden am Ende doch noch triumphieren«, versichere ich, während diverse Overlords sich um mich kümmern, mich auf die Couch legen und Massen von Reinigungstüchern bringen, mit denen ich die Feuchtigkeit abwischen kann, die über mein Gesicht strömt. »Ich werde sofort wieder in Ordnung sein, nur eine kleine Unpäßlichkeit, ein Schwindelanfall.« Ich muß an den unglücklichen Timmons denken, den einzigen Großmeister, der jemals inmitten einer Partie gestorben war, und zwar während des Turniers von Buenos Aires – er quiekte plötzlich wie ein Schwein und stürzte mitten in einer komplexen, siegträchtigen Nimzo-indischen Variante den Stuhl um. Er wurde disqualifiziert. Seitdem ist Timmons posthum mehr Aufmerksamkeit zuteil geworden, als er zu Lebzeiten wegen seiner Plumpheit jemals erfahren hatte. Es ist die geheime Angst eines jeden Schachspielers (ob er es eingesteht oder nicht), daß es ihn auch einmal in der Öffentlichkeit erwischen und er mitten in angestrengten Überlegungen zum Spielverlauf dahinscheiden könnte. Unsere eher sitzende Tätigkeit, mit ihrem hohen Anteil an alten und alternden Großmeistern, bietet dafür sicherlich eine statistische Gewähr.

Dennoch ist es ausgeschlossen, daß mir das widerfahren könnte. Ich bin knapp über fünfzig und weitaus aktiver als die meisten Großmeister. Außerdem habe ich einen Horror davor, mir in der Öffentlichkeit eine Blöße zu geben. Wie ich mich also auf der Couch langmache und einen kleinen Tücherknäuel auf die Nase halte, verspüre ich, wie die Energie langsam wieder in mich zurückkehrt, obwohl sie kaum so intensiv ist, daß ich an eine Wiederaufnahme der Partie denken könnte. Diverse Overlords beugen sich über mich und murmeln tröstende Worte, allerdings in keinem mir geläufigen Idiom. Dann verlassen sie einer nach dem anderen den Raum und unterhalten sich eingehend miteinander, während sie bei der Tür eine zweite Gruppe bilden; zuletzt schließen sie die Tür hinter sich. Ich stelle fest, daß ich mich mit meinem alten Freund *Fünf* allein in dem Raum befinde, den ich nicht nur anhand seiner Farbgebung identifiziere, sondern auch auf der Basis eines gewissen charakteristischen Schwungs der Tentakel, was man wohl als seine Gestik interpretieren muß. Einer dieser Tentakel berührt mich jetzt sanft. »Fühlst du dich besser?« erkundigt sich *Fünf*.

»Etwas besser.«

»Wir können nach der Partie eine komplette medizinische Untersuchung anberaumen, wenn du das möchtest. Allerdings wurde mir vor dem Spiel versichert, daß du dich in bester Gesundheit befändest und höchstens an einer gewissen Müdigkeit leidest ...«

»Dafür ist keine Zeit«, lehne ich ab. »Man hat mir zu verstehen gegeben, daß ihr uns bezüglich dieses Turniers belogen habt, daß wir überhaupt nicht um das Schicksal des Universums spielen, sondern daß es sich hier nur um einen Schaukampf handelt, der an alle Intelligenzen übertragen wird und daß ihr all diese Konsequenzen nur an die Wand gemalt habt, um uns zu maximaler Leistung zu motivieren.«

Ich wundere mich wirklich über die Art, in der das aus mir herausgeplatzt ist, aber jetzt ist es zu spät zum Aufhören. »Warum habt ihr uns angelogen?« frage ich. »Das war nicht nett von euch und hat den angemessenen Respekt vermissen lassen; schließlich sind wir Großmeister ...«

»Ich bin wirklich schockiert«, entgegnet *Fünf*. In seiner Stimme hat noch nie eine solche Betroffenheit gelegen; die Gefühlstiefe in dieser Stimme hätte ausgereicht, mich zum Weinen zu bringen, wenn ich emotionaler gewesen wäre. »Von wem hast du diese Behauptung gehört?«

»Das sage ich nicht.«

»Und ist das die Ursache deiner jetzigen Krankheit?« Ein Tentakel streicht vorsichtig über meine Stirn. »Es ist wirklich schrecklich«, meint *Fünf*, »daß dir solche Gerüchte zu Ohren gekommen sind. Ich wußte schon, daß es einige widerliche Elemente gibt, Angehörige von Völkern, die uns nicht wohlgesonnen sind und die diese gemeinen und skurrilen Lügen überall verbreiten, aber ich hätte nie erwartet, daß sie auch bis zu dir vordringen würden. Ich hätte nicht gedacht, daß sie so tief sinken würden.«

»Dann stimmt das also *nicht*«, folgere ich. »Du sagst, daß es sich um Lügen handelt.«

»Genau das will ich damit sagen«, bestätigt *Fünf* sanft. »Ich bin deswegen wirklich entsetzt. Es stellt das ganze Turnier in Frage. Jetzt ist alles in Gefahr! Wir werden die Propagandisten dieser Lügen hart bestrafen. Was ich jetzt wissen möchte, ist, wer dich darüber informiert hat. War es dein Gegner?«

Nun, da konnte es nur eine Antwort geben. »Ja. Es war Louis.«

Und sofort überkommt mich, einem Orgasmus vergleichbar, ein überwältigendes Gefühl der Scham, Wärme und Aufwallung: so wenig ich Louis auch leiden kann, immerhin ist er auch ein *Mensch* und wie ich in diesem komplexen und schrecklichen Turnier gefangen. Vielleicht hätte ich ihn *Fünf* nicht melden sollen. Ich konnte die Fragen der Loyalität und Prioritäten noch nie so richtig beantworten; ich weiß, daß ich Louis und die Overlords gleichermaßen verabscheue (von *Fünf*, meinem Vertrauten, einmal abgesehen), aber ob meine letztliche Loyalität nun meinem ätzenden Gegner oder den Overlords gilt, die uns immer gut behandelt haben, steht nicht fest. Ein wenig hiervon, ein bißchen davon. *Comme-çi, comme-ça*.

»Sei nicht zu streng mit ihm«, ersuche ich ihn, »ich werde ihn sowieso böse demontieren.«

»Das ist keine ausreichende Strafe«, befindet *Fünf* zornig. Ich habe ihn noch nie in einem solch emotionalen Zustand gesehen; er hat die wilde und ungestüme Aura der Kreaturen im Buch Daniel und in der Offenbarung des heiligen St. John, die zu den Zeiten der Apokalypse auftauchen: geflügelte Bestien mit Hörnern und grotesken Konturen. »Wir werden das ausmerzen.«

»Er sagte, daß die Information, es handele sich hier bloß um ein beliebiges Schachspiel, eigentlich aus einer anderen Quelle stammt, die er nicht preisgeben könne. Dein Problem würde sich also auf diesen Informanten beziehen.«

»Unser eigentliches Problem«, sagt der Overlord erzürnt, »betrifft all jene, welche die Regeln des Turniers mißachten und seinen Fortgang verzögern; unser Problem sind diejenigen, die gegenüber den Teilnehmern die wahre Natur und die schrecklichen Konsequenzen dieses Turniers verschleiern und solcherart das Ergebnis gefährden!« *Fünf* erhebt sich, wobei sich seine Schuppen zu sträuben scheinen. »Dieses Individuum respektive die Gruppe von Individuen wird strengstens bestraft werden«, kündigt er an.

»Du sagst also, daß das Turnier unter der offiziell genannten Prämisse stattfindet, unter genau dieser?«

»Natürlich ist das so, und außerdem möchte ich nicht, daß du etwas anderes annimmst. Wir würden euch nicht belügen. Das Turnier zwischen dir und deinem Gegner geht um das Schicksal des Universums, um den absoluten Triumph des Guten über das Böse oder umgekehrt. Es wird keine zweite Chance für die Verliererseite geben, sondern nur umgehende und schreckliche Vernichtung.«

»Ich bin froh, das zu hören«, sage ich. Das bin ich wirklich; ich würde *Fünf,* den ich im Gegensatz zu den anderen als fast so etwas wie einen Freund betrachte, nichts vormachen. »Diesen Grad der wettkampfmäßigen Anspannung zu erreichen, sich derart in diesem Turnier zu engagieren, nur um dann herauszufinden, daß ihr uns die Unwahrheit gesagt, etwas vorgegaukelt habt, daß es im Grunde nur ein Spiel ist ...«

»Das wäre eine unvorstellbare Katastrophe«, stimmt der Overlord feierlich zu. »Da würde sich jedes Wort zu den moralischen Werten der Kreaturen erübrigen, die euch so mitgespielt hätten. Aber zum Glück ist kein Schaden entstanden; du hast uns gesagt, was dich bedrückt, und zwar so rechtzeitig, daß wir stringente Maßnahmen ergreifen können.«

»Ich hoffe wirklich«, sage ich und bringe seinen staksenden Gang zur Tür zu einem Halt (die Overlords gleiten wie Schlangen, können aber mittels ihrer Tentakel auch wie Hunde laufen; ihr Gang, so habe ich herausgefunden, ist sehr oft eine Funktion ihrer Gemütsverfassung), »daß ihr Louis nicht allzu hart bestraft.«

»Oh, überhaupt nicht. Überhaupt nicht.«

»Wir sind jetzt mitten in einer Partie.«

»Der Verlauf eines Spiels darf durch nichts gestört werden«, konzediert der Overlord. »Das Spiel muß um jeden Preis weitergehen.«

»Und ich will mich selbst mit ihm befassen. Ich glaube, daß seine Niederlage eine angemessene Strafe sein wird.«

»Oh, einverstanden«, willigt der Overlord bedächtig ein, »ich bin absolut einverstanden.« Er schleppt sich aus dem Raum. »Bleibe hier, bis du dich besser fühlst«, sagt der Overlord, »obwohl du natürlich etwas Zeit verlieren wirst. Wir können die Regeln nicht ändern; die Zeit wird dir auf der Sollseite verbucht. Aber du wirst doch ohnehin bald wieder zum Spiel erscheinen?«

»Ja, sicher«, bestätige ich. Die Konversation hat eine merkwürdige Formalität angenommen. »Ja, ganz sicher, wir müssen gemäß den internationalen Schachregeln spielen, oder die ganze Sache hätte keinen Sinn. Ich fühle mich bereits viel besser. Ich bin sicher, daß ich in Kürze in der Lage sein werde, wieder anzutreten.«

»Gut, das ist sehr schön«, kommentiert *Fünf* gewichtig. »Er verschwindet vom Flur und überläßt mich mir selbst.«

Es ist ein sehr seltsamer Raum; jetzt, da ich die Gelegenheit habe, ihn gründlicher zu inspizieren, sehe ich, daß die ganze Einrichtung sehr gediegen ist; zunächst wirkt sie wie eine billige terrestrische Replik (zweifellos ein Versuch der Overlords, uns ein gewisses Heimatgefühl zu vermitteln). Aber bei Berührung fühlen sie sich anders als normale Einrichtungsgegenstände an: Sogar gewöhnliches Holz weist eine besondere Maserung, Resonanz und Festigkeit auf, die Bereitschaft, unter dem Druck der Hand *nachzugeben*, aber nichts in diesem Raum scheint auf irgendeine Art nachzugeben. Im Gegenteil, als ich eine Hand auf die Couch lege, fühlt es sich irgendwie körnig an, und dann scheint sich das Material seinerseits auf eine ziemlich feste und nachdrückliche Weise *nach oben* gegen meine Hand zu pressen. Dann entsteht ein saugendes Gefühl, von Lippen, die sich unter meiner Hand schürzen, und etwas, das sich wie eine Zunge anfühlt, leckt sanft an mir. Ich zucke zusammen, reiße die Hand zurück und betrachte die Couch. Sie glitzert pink und unschuldig. Ich war das nicht, scheint sie zu sagen, es muß reine Einbildung gewesen sein.

Ich springe auf und merke, daß ich wieder viel kräftiger bin als zu dem Zeitpunkt, als ich in das Zimmer kam, daß ich wieder aufrecht stehen kann, ohne zu schwanken und in der Lage bin, ohne Schwächeanfall ein paar schlurfende Schritte zu machen. Mit Entschlossenheit durchquere ich den Raum und beschleunige dabei von dem Schlurfen zu einem Staksen. Atmung und Herzschlag beschleunigen sich indessen nicht; meine Attacke, wenn ich sie als solche bezeichnen will, hat sich jetzt eindeutig gelegt. Die Couch und die übrigen Einrichtungsgegenstände stehen unbewegt im Raum; meine Phantasie muß ganz schön aktiv gewesen sein, als ich Leben in ihnen wähnte. Es gibt hier nichts mehr für mich zu tun. Ich verliere nur Zeit. Ich gehe zur Tür.

Der Türknauf schmiegt sich unschuldig und schüchtern in meine Hand, und plötzlich scheint er mich mit einer erschreckenden Intimität zu streicheln. Etwas, das stark an einen Finger erinnert, schlängelt sich über meine Handfläche und hoppelt über die Handlinien. (Ich habe diese Bewegung, zumindest nach der einschlägigen Lektüre, die ich genossen habe, immer mit einer gewissen sexuellen Anmache assoziiert, und deshalb erschreckt mich dieses Gefühl ziemlich.) Ich reiße die Hand vom Türgriff zurück, als ob ich einen Schock bekommen hätte, und betrachte die feuchte Handfläche, als ob ich nach irgendwelchen kompromittierenden Flecken suchen würde. Die Hand lächelt in schmalen Linien zurück, völlig unberührt; wenn etwas mit ihr passiert sein sollte, dann muß es wieder in meiner Einbildung erfolgt sein. Dies ist wirklich ein sehr merkwürdiger Raum. Erneut greife ich nach dem Türknauf, und diesmal gibt er anstandslos nach. Ich öffne die Tür und trete in die Halle hinaus.

Sofort überwältigt mich das Gemurmel in der Arena. Das Zimmer, welches ich verlassen habe, muß absolut schalldicht sein; drinnen hatte ich nichts gehört. Aber ich hatte bisher noch kaum ein so geräuschvolles Publikum wie dieses. Es ertönt Gemurmel, Seufzer, Flüstern, eine oder zwei Personen klatschen sogar, und obwohl das unglaublich scheint, meine ich auch Buhrufe zu vernehmen. Ein solches Verhalten bei einer Meisterschaftspartie ist noch nie dagewesen. Vielleicht ist das Publikum auch nur nicht mit der entsprechenden Etikette vertraut. Nicht alle Zuschauer, vor denen wir bisher gespielt haben, wußten dahingehend Bescheid; die Overlords haben mir gesagt, daß es in der Tat Sektoren in der Galaxis gibt, wo Schach unbekannt ist und wo vor unserer Ankunft entsprechende Einführungsveranstaltungen gehalten wurden. Die Zuschauer scheinen meinen hastigen Abgang als einen Akt der Feigheit interpretiert zu haben, eine offenkundige Desertion vom Spiel, als es brenzlig wurde. Dieses Wissen steigert meine Motivation nur noch, und als ich die Bühne betrete, bin ich entschlossen, nichts zu tun, was mich erniedrigen könnte, und die Partie jetzt zu einem schnellen Ende zu bringen. Ich kann das nicht länger tolerieren. Sie hatten keinen Grund, mich auszubuhen. Ich kann ihnen diese Erniedrigung nicht heimzahlen, also wird Louis dafür büßen müssen.

»Wäre es nicht interessant?« hatte ich Louis meiner Erinnerung zufolge immer in den Mietshäusern unserer Jugend gefragt, in der wir zusammen aufwuchsen, zusammen in den *Marshall Chess Club* gingen und unsere zunehmenden Schachkenntnisse entdeckten und teilten, was unsere Feindschaft durch dieses Gefühl des gemeinsamen Wunders für einen Augenblick milderte. (In unserer Jugend gab es tatsächlich eine Periode von einigen Jahren, in denen wir das waren, was man als ›beste Freunde‹ bezeichnen könnte; Jugendliche, die ungefähr zur gleichen Zeit und aus den gleichen Gründen Aufmerksamkeit erfuhren. Es war nur wenig später, daß Louis' seinen Größenwahn entwickelte und unsere Freundschaft zerstörte, obwohl ich bis zuletzt mit Unglauben auf sein flegelhaftes Verhalten reagierte und das zu retten versuchte, was ich als ein sentimentales Band betrachtete. Deshalb ist nichts hiervon meine Schuld. Er verdient alles, was ihm widerfährt.) »Wäre es nicht interessant, wenn wir eines Tages Schach um das Schicksal der ganzen Welt spielen könnten?«

»Das ist lächerlich«, hatte Louis mich beschieden. Schon damals dachte er nur eindimensional und weigerte sich, Spekulationen anzustellen, gedankliche Nebenstrecken und Abzweigungen zu beschreiten, die für mich das Salz des Lebens darstellen. »Es ist nur ein Spiel, ein dummes, triviales Spiel.«

»Nein, ist es nicht. Es ist ein Krieg. Es ist das Leben.«

»Das steht in den Büchern. Das sagen die sogenannten Experten, weil sie sich profilieren und ihren Lesern den Eindruck vermitteln wollen, daß sie große und wichtige Männer seien. Im Grunde ist es nur ein sehr trivialer Zeitvertreib, und jeder, der jemals Schach gespielt hat, weiß, daß ich recht habe. Es hat überhaupt nichts mit dem Leben zu tun. Die meisten guten Schachspieler, Meister und so, sind schniefende, kaputte Wracks, und das einzige, was sie überhaupt können, ist Schach spielen. Wenn sie das nicht hätten, würden sie verrückt werden.«

»Trotzdem«, hielt ich dagegen und ignorierte diese geschmacklosen Behauptungen, »auch wenn das, was du sagst, stimmt – und ich glaube kein Wort davon, nicht für eine Sekunde – wie würde es sein, Schach zu spielen, mit der ganzen Welt als Einsatz? Das wäre doch spannend.«

»Warum nicht gleich um das ganze Universum? Warum sich nur mit der Erde bescheiden?«

»Verarsch mich nicht«, sage ich gereizt. »Komm schon, Louis. gib's zu: Diese Vorstellung macht dich doch auch an.«

»Nichts macht mich an, weil alles nur schlechter wäre als das, was wir jetzt haben.«

»Ich verstehe dich nicht, Louis. Aber überleg doch mal, alle sehen uns zu und wissen, daß ihr Schicksal in unseren Händen liegt. Die Spannung, die Aufregung, als ob wir direkt über ihr Leben verfügten (was natürlich auch stimmen würde). Louis, wenn wir um das Schicksal der Welt spielen, oder – nun gut, sogar des Universums – dann hätten *wir* das Sagen.«

»Es wäre die Hölle von einem Universum, wenn man Schach spielen müßte, um über sein Schicksal zu entscheiden.«

»Nicht unbedingt. Es könnte auch spaßig sein.«

»Nein, das wäre es nicht«, widersprach er, rollte sich auf eine freie Fläche auf dem Canarsie-Schrottplatz, stützte sich auf einen Ellbogen und beobachtete eine Wolkendecke, die sich plötzlich über unser Sichtfeld schob. »Welches Universum würden wir jetzt haben, wenn man hätte Schach spielen müssen, um seine Gestalt zu bestimmen?«

»Du betrachtest das nicht aus der richtigen Perspektive. Komm schon, Louis, sag die Wahrheit. Macht Schach weniger Sinn als Gott?«

Louis dachte eine Weile darüber nach, während wir die Wolken anschauten. Damen, Springer, Läufer, Türme und Bauern zogen über unser Sichtfeld, zusammen mit diversen anderen Figuren, die nur im Kunstschach vorkommen: dem Drachen, dem Majordomus, dem Ertrunkenen Giganten. Ich betrachtete sie mit spekulativem Interesse, denn Kunstschach ist ein Spiel, für das ich nichts übrig habe, obwohl es vielen Großmeistern gefällt. Für einen Moment wähnte ich mich in einem Zustand des absoluten Friedens, ich befand mich im Einklang mit den Elementen, was einem in dieser Welt oder sonstwo kaum widerfährt, und der Schrottplatz von Canarsie verströmte irgendwie einen vagen bukolischen Charme. In der Luft lag der Geruch nach Fischen und Fröschen, ein vom Kurs abgekommener Vogelschwarm tauchte in die Wolken ein und verschwand dann. »Vielleicht nicht«, konzedierte Louis nach einer Weile, »wenn man erst mal darüber nachdenkt, macht es nicht weniger Sinn.«

»Richtig, Louis.« In der Vorwoche hatte ich in der Juniorenmeisterschaft von Marshall in einer erstaunlichen Leistung den zweiten Platz belegt – Louis fehlte wegen Krankheit – und hatte den Eindruck, daß ich mich in den Annalen von Caissa schon weit von ihm abgesetzt hatte. »Es ist ein schönes, logisches und perfekt strukturiertes Spiel mit einer Eröffnungsphase, einem Mittel- und einem Endspiel. Das kann man von Gott nämlich nicht sagen. Es ist nicht dasselbe.«

»Du bist gar kein so großartiger Schachspieler, David. Du hast eine Menge Schwächen.«

»Ich bin immer noch besser als du, und außerdem hast du meine Frage noch nicht beantwortet.«

»Frage?« meinte Louis. »Ich weiß nichts von einer Frage, ich wüßte nicht, daß überhaupt etwas anliegt zwischen uns.« Dann wandte er sich mir zu und blickte mich aus plötzlich klaren und offenen Augen an. Während ich glaubte, in diese absolut leeren und ausdruckslos starrenden Augen gesogen zu werden, realisierte ich, daß es niemanden auf der Welt gab, der wußte, daß wir uns in diesem Moment hier aufhielten: weder mein Vater (der sich freilich in irgendeinem heruntergekommenen Lagerhaus im Red Hook-Distrikt mit ausgestellten Rechnungen herumschlug), noch Louis' Mutter, eine verwitwete Kellnerin, die sich in einem Hamburger- und Steak-Restaurant in der Atlantic Avenue über die Runden kämpfte (oft hatten Louis und ich daran gedacht, seine Mutter und meinen Vater zu verkuppeln, aber es hatte nie funktioniert; einmal waren diese zwei traurigen Erwachsenen zusammen ins Kino gegangen und Stunden später getrennt zurückgekommen, ohne eine Erklärung dazu abgeben zu wollen), und auch niemand im Marshall Chess Club; es gab nur Louis und mich, die Seite an Seite auf dem unwiederbringlich verlorenen Gelände von Brooklyn lagen. Etwas geschah zwischen uns in diesem Moment. Irgendeine Übertragung mußte stattgefunden haben, eine Erwägung, die zu intim und fürchterlich war, als daß man sie hätte artikulieren können. Als ich mich zu ihm hin bewegte, schlug mich die Irrealität der Situation in ihren Bann. Louis und ich standen an der Grenze zum Analverkehr.

Na gut, warum nicht? Warum nicht? frage ich. Sogar ungefähr fünfunddreißig Jahre später kann ich nicht erkennen, was dabei gewesen war. Wir waren jung, voller Elan, Zwillinge im Geiste, lebten beide im Zölibat und waren weder an die Gesellschaft von Frauen gewöhnt noch daran interessiert: Was hätte uns also daran hindern sollen? Ich spürte die leichte Berührung eines Knochens und sah, daß Louis' Finger über mein dünnes und zitterndes jugendliches Handgelenk strich; im nächsten Augenblick hatte ich mich über ihn geworfen und plazierte meinen Körper im rechten Winkel zu seinem.

»Gott macht weniger Sinn als Schach«, murmelte ich mit an seiner Wange liegenden Lippen. »Es ist lächerlich, es ist irreal«, murmelte er zurück, und dann waren wir ineinander verschlungen und wälzten uns im trockenen Morast von Brooklyn. Meine Hose wurde geöffnet; Louis war der Aggressor, nicht ich (wie in meinen Träumen); es war Louis, der sich über mich hermachte, und mit einer Abfolge von Grunz- und Stöhnlauten spürte ich, wie ich umgedreht wurde. Dann schaute ich auf ein paar Kieselsteine, die in einem skurrilen Winkel im Dreck von Brooklyn eingegraben waren, während sich in meinem After ein fürchterlicher Druck bemerkbar machte; es war Louis, der sich Einlaß erzwang. Und dann bäumte er sich über mir auf, groß, schrecklich, ein blutunterlaufenes Auge starrte in meines. »Das ist völlig falsch, weißt du«, kommentierte er mit monotoner, präziser und kultivierter Stimme. »Wir sollten das nicht tun.«

Ich war zu diesem Zeitpunkt völlig sprachlos, aber selbst bei dem riskanten Penetrationswinkel, den wir gewählt hatten, war es mir noch möglich, zustimmend zu nicken. »Das stimmt«, sagte ich, »das stimmt wirklich, wir sollten das nicht tun, es ist lächerlich.« Und in diesem Moment drang er mit der Spitze in mich ein, wobei eine irgendwie aufgetretene Feuchtigkeit den Druck- und Preßvorgang erleichterte, und dann spürte ich, wie Louis, der zweitbeste Juniorenspieler des Marshall Chess Club (das gestehe ich ihm zu), sich rhythmisch auf- und abbewegte und energisch Einlaß erzwang. »Wir könnten dafür ins Gefängnis kommen«, stellte er fest, »das ist ganz falsch, ah, ah, ah«, wobei mir seine *Ahs* weitaus sinnvoller vorkamen als sein Protest. Ich spreizte die Beine, legte Kraft in die Schenkel und spürte, wie er glatt in mein Innerstes hineinglitt, bis er etwas in mir berührte, von dessen Existenz ich noch vor fünf Minuten nicht die geringste Ahnung hatte. Ganze Wellen von Emotionen eruptierten, und dann fiel ich unter ihn, als er mit ein paar kurzen und kräftigen Stößen kam.

Sodomie ist eine Sünde. Die Bibel sagt das ganz deutlich, und es hat nie einen international anerkannten Großmeister gegeben, der irgendeine Neigung zur Homosexualität erkennen ließ. Diese Gedanken kamen mir nur durch einen dichten Schleier der Gleichgültigkeit; es schien auch keine Rolle zu spielen. Und ohnehin würde nie jemand erfahren, daß es geschehen war.

»Wir hätten das nicht tun sollen«, sagte Louis und löste sich mit einem Grunzen aus mir.

»Richtig.«

»Das war falsch. Wir hatten uns nur unterhalten, und dann verlor ich die Kontrolle über mich. Ich wußte nicht, was ich tat.«

»Richtig«, sagte ich wieder. »Ich wußte es auch nicht.«

»Wir werden so etwas nie wieder tun. Du hast mich dazu verleitet.«

»Nein, habe ich nicht«, dementierte ich. Ich umklammerte mit den Händen die Knöchel, packte meine Hose und begann sie langsam durch viele Dreckschichten hochzuziehen.

»Deine Schuld. Du hast es getan«, sagte er.

»Sag das nochmal, und ich bringe dich um«, drohte ich ihm. Mein Sehfeld war auf einen 47er Pontiac fixiert, ein Coupé mit riesigen Kotflügeln, die mich aus irgendeinem Grund faszinierten. Ich glaubte, buchstäblich in diese Bleche eintauchen zu können und mit dem waffengrauen Metall des Schrottautos zu verschmelzen. »Es war alles deine Schuld.«

»Wir werden niemandem etwas davon sagen«, meinte Louis. »Es wird unser Geheimnis bleiben. Wirst du es jemandem erzählen?«

»Nein«, sagte ich, »nein, ich werde es niemandem erzählen.« Das war ein Versprechen, das ich für etwas mehr als fünfunddreißig Jahre gehalten habe und erst an dieser entscheidenden Stelle aus Gründen breche, die offensichtlich sind und jetzt keiner Erläuterung bedürfen. Durch seinen Verrat, indem er mir hinsichtlich der Natur des Spiels die Unwahrheit sagte, hat er den vor fünfunddreißig Jahren auf einem Schrottplatz geschlossenen Pakt gebrochen; daher fühle ich mich auch nicht mehr an ihn gebunden. Das ist ein absolut vernünftiger Standpunkt.

»Sogar der beste Schachspieler der Welt«, führte Louis im Verlauf dieser Unterhaltung aus, »lebt nur auf dem engen Raum von vierundsechzig Feldern, die kaum die Welt darstellen, meinst du nicht auch?«

»Sie *sind* die Welt.«

»Dann möge Gott der Welt beistehen«, sagte er: Der Lügner, der Schurke, der Narr, der Doppelgänger, der Verräter, der Päderast, der Arschficker, der Verbrecher, der Narr, der Narr, der Narr!

Am Brett ist alles wie gehabt. Es ist ein gemaßregelter und teilnahmsloser Louis, der mir über den Feldern gegenübersitzt; das Kinn in der wohlbekannten Turnierhaltung in die Hand gestützt, die Knöchel gleiten unaufhörlich über die Tischkante. Er kultiviert wieder die Abstraktion, eine intensive Geduld, eine Toleranz, mit der er die Herzen des Publikums zu gewinnen hofft. Es ist zu spät. Er ist schon dem Untergang geweiht; der Overlord hat es angekündigt. Ich schaue ihn kurz an, als ich meinen Stuhl näher an das Brett heranrücke, und dann wird mein nächster Zug wie ein Kothaufen aus dem Unterbewußtsein gedrückt, wobei er sich einen Weg durch die rektalen Windungen des Geistes bahnt; und dann greife ich nach vorne und schreite zu dem Zug, der ihn zerstören wird. Und keinen Moment zu früh, denn in der Tat repräsentiert er, nicht nur durch Selektion, sondern aufgrund des Schicksals, alle Mächte des Bösen im bevölkerten Universum.

Turmbauer

In einem Traum erscheine ich mir selbst als Hiob, und nun befinde ich mich in einem ernsten Dialog mit den drei Freunden, wobei diese Dreifaltigkeit in einer unbehaglichen, starren Haltung um mich herumgruppiert ist, und ihre Nasenflügel beben vor Abscheu. Die Freunde sind wie Schachfiguren gekleidet – König, Springer, Turmbauer – und sehen dabei höchst lächerlich aus, weil das menschliche Äußere den Figuren des Königlichen Spiels nun überhaupt nicht gleicht und sie unter ihren Kutten ganz schön schwitzen müssen. Dennoch bemühen sie sich nach besten Kräften, genauso wie ich das auch tue, und ich versuche deshalb, sie nicht schief anzusehen. Es ist dann auch eher das, was sie sagen, das ich schrecklich finde.

»Diese Belastung ist einfach zu hoch«, stelle ich fest. »Ich habe einen guten Platz in der Rangfolge, stehe gemäß FIDE vielleicht auf Platz fünfzig oder vierzig in der Weltrangliste, sogar noch besser, als ich selbst dachte, aber wie könnte ich die Obliegenheiten der Verteidigung übernehmen? Ich sage euch, es ist zuviel.«

»Das stimmt«, sagt der König. Er ist ein älterer Gevatter mit Händen so transparent wie Gaze. »Es ist eine sehr unfaire Verpflichtung. Gib dennoch dein Bestes.«

»Dem möchte ich beipflichten«, meint der Springer und transpiriert heftig. »Dir kann kaum ein Vorwurf gemacht werden, solange du dein Bestes gibst.

Schließlich bist du ausgewählt worden. Du bist ausgewählt worden, diese Last zu tragen, und du hast dich nicht darum beworben; du mußt dich also nicht schuldig fühlen, wenn du es nicht schaffst.«

»Ich wollte nie, daß Schach eine so große Bedeutung bekommt«, sage ich in diesem Traum. »Louis hatte recht; im Grunde ist es ein triviales Spiel. Es ist eben diese Trivialität, die mich faszinierte. Ich wollte jedoch nie ein Spiel mit solchen Konsequenzen.«

»Aber du bist ausgewählt worden«, bekräftigt der König. Er pocht mit seinem Stab auf den Boden. »Betrachte es als eine große Ehre.«

»Meine Felder sind verwüstet worden«, lege ich mit leicht zitternden Händen dar. »Meine Frau ist vergewaltigt worden, meine Kinder ermordet, mein Schloß zerstört, meine ganzen Besitztümer vernichtet, und ich muß noch immer leiden. Warum?«

»Hör mit diesen Phantastereien auf«, ermahnt mich der Turmbauer, ein ekliger kleiner Bursche. »Du hast nie eine Frau gehabt, du bist nie verheiratet gewesen. Du hast keine Kinder, und eines ist so sicher wie die Hölle, du hattest auch weder Felder noch Vieh. Alles, was du hast, bist du selbst und deine miserable FIDE-Einstufung. Gut, wenn Schach so wichtig für dich ist, dann hast du auch kein Recht, dich zu beschweren, wenn du zu einem Spiel um hohen Einsatz ausgewählt worden bist.« Er wischt sich etwas Rotz von der Nase, ein nervöser, penetranter kleiner Bursche, der mich, zumindest in diesem Traum, an eine frühere Ausgabe meiner selbst erinnert. »Es ist dein Leben, und du mußt damit klarkommen.«

»Außerdem«, führt der König aus, »die Publizität wird dir sehr zum Vorteil gereichen. Nur sehr wenige Spieler auf Platz vierzig oder fünfzig der FIDE-Rangliste genießen den Umfang der Berichterstattung, wie er dir jüngst zuteil geworden ist. Du solltest wenigstens in der Lage sein, das biographisch zu verwerten.«

»Aber das Universum wird sterben!«

»Nicht der Teil, den du repräsentierst«, entgegnet der König, »zumindest nach deinen Vorstellungen. Es dürfte nämlich ein sehr dankbares Publikum für dich geben, nachdem du es gerettet hast.«

»Und nicht nur das«, ergänzt der Springer, »wenn du schon glaubst, daß du dich in einer schlechten Position befindest, denk nur mal an Louis. Er ist sogar noch unglücklicher.«

»Louis ist mir egal.«

»Ich weiß nicht, ob er dir egal ist oder nicht. Für ihn ist es auch kein Vergnügen, und er ist nicht einmal ein so guter Spieler wie du. So muß man es doch sehen, oder?«

»Ich weiß nicht«, erwidere ich. »Ich habe das bisher noch nie von dieser Warte aus betrachtet.«

»Hättest du aber tun sollen«, meint der Springer. »Das zeigt nur deinen latenten Egoismus und Größenwahn. Das Problem ist, daß ihr Schachspieler alle gleich seid. Absolut onanistisch. Wenn ihr auch mal ein wenig an andere denken würdet, statt die ganze Zeit nur an euch selbst, selbst, selbst, wärt ihr besser. Was ist mit all den armen Wesen, um deren Leben Louis spielt?«

»Ja«, interveniert der König und schiebt sein Gesicht näher an das des Springers heran. Ihre Annäherung hat einen seltsam gefälligen Aspekt; sie hat etwas Symmetrisches. Sie gehören zusammen, König und Springer. »Ja, was ist mit diesen Lebewesen? Was du tun mußt, ist, über deinen Tellerrand hinauszublicken, die Welt kennenlernen und auch an die Rechte der anderen denken. Ich hoffe, daß du etwas dazugelernt haben wirst, wenn das alles hier vorbei ist. Wenn du etwas daraus lernen kannst, wenn sich dein geistiger

Horizont dadurch erweitert, glaube ich, daß du zu der Ansicht gelangen wirst, diese Sache könnte das Beste gewesen sein, was dir jemals widerfahren ist, stimmt's?«

»Natürlich stimmt das«, bestätigt der Springer und riskiert es, dem König vertraulich auf den Rücken zu klopfen. »Du hast absolut recht, alter Kumpel, aber ich würde auch nichts anderes von dir erwarten.«

»Du bist ein Scheißkerl«, äußert sich der Turmbauer. Er ist ein kranker, deformierter kleiner Bursche, der genauso aussieht, wie man es vom Königsturm-Bauern erwarten würde; wie jeder Meister weiß, handelt es sich bei ihm um die schwächste Figur auf dem Brett, die nur würdig ist, für das Öffnen einer Linie verheizt zu werden und die normalerweise nur ein Hindernis für die Spielentwicklung darstellt, diese Figur, die im Fianchetto hilflos neben dem Läufer steht, mit bloßem Verteidigungsauftrag. »Du könntest ihm genausogut die Wahrheit sagen, was bedeutet, daß das alles überhaupt keine Bedeutung hat.« Die Traumlandschaft, in der wir uns befinden, überall von leblosem Sand eingeschlossen, eine hitzeglühende Wüste, scheint zu erzittern und wird dann in ein leuchtendes orangefarbenes Licht getaucht, als er sagt: »Er hat das in seiner Vorstellung als eine Reaktions-Formation gegen seine Liebe zu Louis aufgebaut, von dem er weiß, daß er der bessere Spieler ist. Nichts davon existiert wirklich.«

»Unsinn«, moniert der König, »verschwinde von hier.« Er sieht den Springer bittend an. »Natürlich«, meint der ohne sonderliche Überzeugung, »du führst ihn ganz schön an der Nase herum. Warum haust du nicht ab. Es hat sowieso niemand nach allen drei Freunden verlangt. Zwei Leute sind schon mehr als genug, die Situation zu beurteilen.«

»Ich werde nicht gehen«, weigert sich der Bauer,

»ich bin genauso berechtigt wie ihr, hier zu sein, und wenn wir in der Heiligen Schrift nachschlagen, wird klar, daß es drei Freunde sein müssen.« Er wirft mir einen pickligen, penetrant pubertären Blick zu. »Du hast nämlich schon viel mehr aus dieser Sache gemacht, als angemessen gewesen wäre. Schach ist eigentlich nur ein sehr triviales Spiel.«

»Es ist kein triviales Spiel.«

»Das hast du aber auch schon mal anders gesehen«, konstatiert der Bauer. »Ich erinnere mich präzise, wie du dezidiert gemeint hast, daß Schach recht trivial wäre. ›Bedeutungslos‹ und ›unwichtig‹ waren wohl die Worte, die du uns gegenüber verwendet hast.«

»Das stimmt nicht«, kontere ich. »Es war Louis, der das gesagt hat. Du verwechselst mich mit Louis.«

»Exakt«, konzediert der Springer und touchiert den Bauern mit seiner Lanze. Dem Bauern gehen die Augen über. »Warum verdammt verschwindest du nicht von hier?« insistiert der Springer. »Du bist uns wirklich keine Hilfe.«

Der König verschränkt hoheitsvoll die Arme. Wüstenwinde fegen über uns hinweg, ungewöhnlich kühl für einen Traum in dieser Jahreszeit. »Ja«, verkündet er, »ich glaube wirklich, daß der Springer recht hat. Es gibt nichts, was du uns noch sagen könntest, und du verfügst nicht einmal über korrekte Informationen.«

»Ihr Narren«, meint der Bauer schwächlich. »Ihr versteht überhaupt nichts. Ihr begreift rein gar nichts, wißt ihr denn nicht, was hier vor sich geht?« Ich beuge mich nach vorn, verwirrt von dem Dialog, doch begierig, begierig zu hören, wenn es denn möglich sein sollte, was der Bauer mitzuteilen hat, so daß mein Verständnis der Lage erweitert und vertieft wird.

»Ich werde es euch sagen«, spricht der Bauer, »ich werde euch die wirkliche und wahre und ausschließliche und absolute und totale finale Bedeutung dieser

Sache erklären. Wenn ihr sie vernommen habt, werdet ihr nicht mehr dieselben sein wie vorher.« Er öffnet den Mund. In diesem Mund erkenne ich verfaulte Zähne; zwischen diesen Zähnen sehe ich kleine Höhlen der Dunkelheit, aus denen die Wahrheit schließlich zutage treten wird. Gegen ihren Willen beugen sich König und Springer auch nach vorn: Es scheint, als ob die Freunde nicht weniger als ich jedes Bißchen an Information gebrauchen könnten, wenn sie es nur bekommen würden. Also beugen wir drei uns zu dem lächerlichen kleinen Bauern vor und versuchen in dieser traumartigen Materie, etwas von ihm zu erfahren. Doch während wir das tun und sogar eine inquisitorische Pose einnehmen, ertönt irgendwo in der Distanz ein rollender Donner. Jahwe selbst, so scheint es, versucht eine Intervention, und dann schlägt ein Blitz zwischen mir und dem Bauern ein, wobei der Blitz knistert und schwache Wärme- und Lichtwellen entlang seiner Bahn induziert.

»Sag's mir!« schreie ich. »Du mußt es mir sagen, ich höre!« Doch als der Blitz erloschen ist, ist auch der erbärmliche kleine Bauer verschwunden; wo er eben noch gestanden hatte, befindet sich jetzt nur noch ein brennender Busch (oder vielleicht denke ich auch nur an verkohlte Holzscheite, die langsam übereinander implodieren, liebliche, leere, brennende Blätter). Ich sehe nach links und rechts, um nach dem König und dem Springer Ausschau zu halten, aber sie sind auf ähnliche Art eingeäschert worden. Auf der Erde liegen diverse Requisiten: eine Lanze, eine Krone, einige der Amtsinsignien, sozusagen. Aber von ihren Inhabern selbst ist nichts zu sehen. Die drei Freunde sind mitten in ihrer Tätigkeit als Trostspender abgezogen worden, und nun, nun bin ich ganz klar allein.

Es ist enorm frustrierend, so weit gegangen zu sein, nur um dann das vorenthalten zu bekommen, was die umfassende und finale Antwort auf mein schreckliches Dilemma zu sein schien. Aber andererseits, auf diese Art lernte ich schon beizeiten, daß es im und jenseits des Lebens keine einfachen Antworten gibt und daß es vielleicht sogar am besten ist, gar nicht erst nach ihnen zu suchen; man sollte lieber weiterkämpfen und die Antworten aus der Struktur des Lebens ablesen. Diese Struktur enthält nämlich die Botschaft. So setze ich mich also auf den Boden: Ich setze mich auf den Boden und erzähle mir traurige Geschichten über den Tod von Königen, während sich die Wolken verdichten und ich schließlich aus meinem Traum in die schwierigere und sogar noch traumgleichere Materie dessen zurückgerissen werde, was sich wirklich ereignet. Jetzt.

SECHSTES KAPITEL

Damenspringer c6–d4

Und jetzt habe ich die Partie an einen Punkt gebracht, an dem ihr Ergebnis bereits abzusehen ist.

Durch diesen Springerzug bedrohe ich den Läufer und führe einen direkten Angriff gegen diese Figur, die nun *en prise* steht; und zur selben Zeit habe ich auf seiner Damenflanke einen überwältigenden Raumvorteil errungen. Louis hat sich selbst in diese Position manövriert, und ich werde jetzt nicht mehr die geringste Gnade walten lassen. Ich erwarte nicht, daß sich die Partie noch über mehr als fünf Züge hinziehen wird, bis das unvermeidliche Resultat klar ist. Louis wird blaß. Er starrt auf das Brett, als ob dieses ihm weiterhelfen könnte.

Aber das kann es nicht. Die Antworten liegen woanders als auf dem Brett; dies ist die Botschaft, die ich Louis schon vor langer Zeit hätte vermitteln können, wenn er mich nur danach gefragt hätte. Ich weiß jetzt, daß sich innerhalb der verrückten und schrecklichen Begrenzung von Rot und Schwarz, den schicksalhaften vierundsechzig Feldern, nichts befindet, was einen Bezug zur Realität aufweist. Die auf dem Brett gefundenen Antworten weisen auch nur dort eine Relevanz auf; Kombinationen von Zügen sind selbstreferentiell. Schach ist, trotz all seiner mannigfaltigen Wunder, in der Tat ein unsagbar triviales Unterfangen, und paradoxerweise ist es nun Louis, der das nicht begreift. Seine Handgelenke knacken und die Hände zittern, als er das Brett studiert. Der Mann befindet sich in einem psychischen Ausnahmezustand. Ich werde ihn leiden lassen.

Mit einem lässigen Knuff setze ich meine Uhr zurück und erhebe mich. Arme und Beine sind merkwürdig leicht, locker und elastisch, als ich die Bühne verlasse; ich fühle mich in diesem Moment so selbstsicher und kontrolliert wie schon lange nicht mehr. Tatsächlich ist diese taumelnde Gestalt, die noch vor einigen Augenblicken hinter diesen Vorhängen zitterte, kaum mit diesem souveränen, kraftvoll ausschreitenden David zu vergleichen, der jetzt direkt auf die massiven Tabletts mit den Delikatessen zusteuert, mit lockerer Geste bei einer der schmackhaftesten zulangt, seinen so beliebten Jupiterläusen, und sie sich schlukkend in den Mund stopft. Ich schaue mich um und sehe, daß die Arena mir gehört, mir ganz allein. Louis wird eine Menge Zeit auf seiner Uhr verstreichen lassen. Ich schiebe mir nochmal eine Handvoll Läuse rein.

Dann bewegt sich plötzlich etwas auf der Seite, und als ich mich blinzelnd darauf konzentriere, stolziert ein Overlord in den Raum. Es handelt sich bei ihm um ein unbekanntes Exemplar, ich glaube nicht, daß ich ihn schon einmal gesehen habe, obwohl man diese Wesen natürlich nur schwer auseinanderhalten kann. Soviel ich indessen aus meiner durch die Hand mit den Läusen ziemlich verstellten Perspektive erkennen kann, handelt es sich bei ihm um einen neuen und imposanteren Overlord, nicht zuletzt deswegen, weil er seine Schuppen und Tentakel irgendwie zu Beinen ausgeformt hat, mit denen er richtig gehen kann. Wie ich sicher schon ausführlich dargelegt habe, *kriechen* die meisten Overlords nämlich nur. Sein Gesichtsausdruck, in dem Maße, wie ich die Mimik dieser Wesen interpretieren kann, ist ziemlich bedrohlich, und ein Gefühl, das der Angst recht nahekommt, ergreift von mir Besitz; ich habe auf die Gefahr körperlicher Bedrohung noch nie souverän reagiert, weil ich, ich bin so frei, das zuzugeben, in dieser Hinsicht irgendwie ein Feigling bin. Im Verlauf dieser tragischen Ereignisse ist zumindest eines immer klar gewesen: Die Overlords haben mir nie körperlichen Schaden zugefügt und auch nicht signalisiert, daß sie das vorhätten. Von diesem da geht jedoch eine andersgeartete Drohung aus; keine psychische (mit der ich schon klarkommen würde, weil ich durch mein mentales Training auf Rätsel und Kryptogramme geeicht bin), sondern eine physische. Hinter ihm, mit einem torkelnden, ungleichmäßigen Gang, kommt Louis selbst, der, wie ich feststelle, von meinem alten Freund *Fünf* eskortiert wird. Louis' Gesichtsausdruck verrät höchste Angst; als ich ihn über das Essen, das ich mir gerade reinschaufeln wollte und das jetzt vor dem Mund in der Luft schwebt (mir ist wieder schlecht geworden), hinweg anschaue, wird mir klar, daß ich noch nie den Ausdruck solcher Panik in dem Gesicht eines Menschen gesehen habe. Es ist wirklich eine Schande, die zum Extrem gesteigerte Feigheit in Louis' verzerrtem Gesicht zu sehen, aber auf der anderen Seite ist seine Mimik vielleicht nur eine Verlängerung oder Abbildung meiner eigenen. Das ist schwer zu sagen. Die Umstände sind sicher kompliziert genug. »Uns sind gewisse Gerüchte zu Ohren gekommen«, wendet sich der neue Overlord mit monotoner Stimme an mich. »Stammen sie von ihm?«

Louis hebt in einer defensiven Geste die Hände. »Sag nichts«, nuschelt er. Er schüttelt verzweifelt den Kopf. Der neue Overlord dreht sich um und sieht Louis drohend an. Louis gibt auf. Seine Arme zittern von den Fingerspitzen bis zu den Schulterblättern.

»Welche Gerüchte?« frage ich zurück.

Der Overlord wendet sich wieder mir zu. »Mach

keine Spielchen«, warnt er mich. »Dazu ist es jetzt zu spät.«

»Sag ihm die Wahrheit«, empfiehlt mir *Fünf*. »Es ist besser so.« Obwohl es mir schwerfällt, extraterrestrische Mimik zu deuten, hat es den Anschein, als ob sich *Fünf* in genauso unerklärlicher Panik befände wie Louis. Vielleicht aber auch nicht.

»Berichte, daß dieses Turnier keine tiefere Bedeutung hätte«, sagt das Alien mit donnernder Stimme. »Berichte, wonach es sich nur um einen Schaukampf handelt.«

Ich zucke die Achseln. Aus irgendeinem Grund scheint es in dieser schwierigen Situation die beste Taktik zu sein, sich dumm zu stellen. »Ich weiß nicht das geringste davon«, fintiere ich, »ich weiß nur ...«

»Laß den Quatsch!« befiehlt der Overlord, wobei seine Stimme sogar noch hallender ist als zuvor. »Wenn du nicht vernünftig bist, werden wir zu höchst unangenehmen Maßnahmen greifen müssen ...«

»Es wäre wirklich besser, wenn du kooperierst«, rät *Fünf* milde. »Dies ist für uns alle eine schwierige und heikle Situation, wenn du dich also vielleicht einfach entschließen ...«

»Ich weiß nichts davon«, bekräftige ich und schleudere die Handvoll Essen auf den Boden. Die Erniedrigung, der ich mich unterziehen lasse, hat schließlich auch ihre Grenzen, und bei umfassender Betrachtung habe ich mich schon mehr als genug einschüchtern lassen. »Es ist nicht meine Schuld«, sage ich. »Ich habe es von ihm gehört.«

Ich zeige ziemlich dramatisch auf Louis, der zusammenzuckt und sich in eine Ecke verzieht. Es war sicher nicht nett von mir, den Fokus der Aggression auf meinen alten Feind und Kontrahenten zu richten, aber ich muß auch an meine eigene Position denken. Ein Problem kann immer aus mehr als nur einer Perspektive betrachtet werden. »Er hat das gesagt«, denunziere ich ihn, »und ich habe es nur an meinen Sekundanten weitergegeben…«

»Genug«, sagt der zornige Overlord. Dieses Wissen scheint ihn beruhigt zu haben, eher jedenfalls als das Gegenteil. Mit glitzernden Schuppen wendet er sich langsam Louis zu. »Woher hattest du diese Informationen?« fragt er ihn.

»Ich konnte ihn noch nie leiden«, babbelt Louis, wobei er auf mich deutet. »Ich konnte ihn überhaupt noch nie leiden; er ist immer ein feiger Bursche ohne jeden Anstand gewesen und außerdem…«

»Wo hattest du diese Informationen her?« wiederholt das Alien seine Frage. »Ich will, daß du es mir sagst.«

»Sein Spiel ist plump, einfallslos und völlig daneben«, referiert Louis. »Er hat es nur deswegen so weit gebracht, weil er von jedem Ideen gestohlen hat und diese Ideen mißbraucht und falsch angewandt hat, er hat nicht den geringsten eigenen Beitrag zur Schachliteratur vorzuweisen…«

»Zum letztenmal«, sagt der Overlord und rückt Louis mit derart schnellen und bedrohlichen Schritten auf den Leib, daß es den Anschein hat, *Fünf* will sich selbst zwischen den anderen und meinen hilflosen Antagonisten schieben. »Ich will wissen, woher du diese Information hast, die Information, daß dieses Turnier nur eine Show sei, daß…«

Ein wenig Schaum dringt zwischen Louis' Lippen hervor; er scheint sich wirklich in einem Extremzustand zu befinden. »Ich muß zum Spiel zurück«, sagt er jammernd. »Er hat gerade gezogen, meine Uhr läuft, ich muß überlegen…«

»Zum letztenmal«, sagt der Overlord, »zum letztenmal, sag mir, woher du diese hinterhältige Information hast, diese Bösartigkeit, diese Lügen…«

»Du solltest es ihm wirklich sagen«, meint *Fünf*. »Ich glaube, daß du die Lage nicht richtig beurteilst; er kommt von höherer Stelle, er steht über mir, und ich kann dir bei dieser Sache wirklich nicht helfen...« *Fünf* wirft mir einen kurzen gequälten, durchdringenden Blick zu, ja, tut er, aber ich weiche seinem Blick aus, bewege mich mit demonstrativem Desinteresse zum Buffett und genehmige mir noch eine kleine Handvoll Läuse. Die Sache geht mich offensichtlich nichts an. »Wenn ihr mich bitte entschuldigen wollt«, murmele ich und schüttele die Läuse in der Hand, »ich glaube, daß ich wieder ans Brett zurückgehe; es ist eine sehr diffizile und schwierige Partie, wie ihr wißt, und ich möchte mich konzentrieren...«

Der Overlord dreht sich zu mir herüber und macht eine gleichermaßen so bedrohliche und herablassende Bewegung, daß mir kaum etwas anderes übrig bleibt, als geschockt stehenzubleiben. *Fünf* hat ganz recht. Wir haben es hier mit einem Wesen einer völlig anderen Ebene zu tun. »Du bist ruhig«, ordnet die Kreatur an, »und bleibst hier. Überlaß das mir.«

Louis blinzelt und hebt die Schultern, wobei sein Gesicht jetzt so viele Flecken aufweist wie ein am Strand umgekippter Felsen Insekten. »In Ordnung«, sagt er dann, »ich gestehe; ich habe mir das ausgedacht.«

»Du hast dir das ausgedacht?« resümiert der Overlord ruhig. »Du hast dir das *ausgedacht?* Was soll das heißen? Ich bin nicht so vertraut mit deiner Sprache«, und dann streift er *Fünf* mit einem Blick der Abscheu, »wie einige der anderen Kreaturen hier.«

»Ich will damit sagen, daß ich es erfunden habe«, schrillt Louis. »Ich wußte im Grunde überhaupt nichts Konkretes, ich hatte nur gedacht, daß ich ihm eine schöne Geschichte erzählen könnte! Ich hoffte, daß es ihn entmutigen und seinen Siegeswillen lähmen würde...«

»Aber das ist doch lächerlich«, wendet *Fünf* ein, »du führst doch mit neun zu fünf Partien; warum solltest du dann einen solchen Vorteil erlangen wollen?«

»Weil ich mir nicht sicher war!« quiekt Louis. »Versteht ihr das denn nicht? Meisterschaftsschach ist ein sehr schwieriges Spiel, man steht ständig unter Strom, und deshalb suchte ich nach jedem Vorteil, den ich in die Hand bekommen konnte! Es ist nicht meine Schuld, das ist so üblich im Meisterschach – oder habt ihr denn gar keine Ahnung von Schach?«

»Das ist hinterhältig«, kommentiert der Inquisitor-Overlord. »Das ist absolut hinterhältig. So ein Verhalten ist mir noch nie untergekommen.«

»Dann solltest du dich mal über Schach informieren!« schreit Louis. Er blickt unstet in die Runde und nickt unmotiviert, wobei der Kopf wie eine Blüte auf dem Stengel einer langen, verwelkten Blume schwankt. »Wenn du etwas von Schach verstehen würdest, wüßtest du, daß alles erlaubt ist! Lasker hat Zigarren geraucht und den Rauch in die Gesichter seiner Gegner geblasen …«

»Aber du hast einen Vorsprung von neun zu fünf Partien«, wiederholt *Fünf* konsterniert. »Ich könnte verstehen, daß du dich auf solche Taktiken verlegst, wenn du hinten liegen würdest oder auch dann noch, wenn es ein knappes Rennen wäre, aber du hast doch einen klaren Vorsprung erarbeitet …«

»Der einzige Grund, aus dem er führt«, interveniere ich, »ist, daß ich bisher noch nicht zur Hochform aufgelaufen bin. Ich habe absichtlich unter Niveau gespielt.« Es ist mir wichtig, daß ich die Dinge zurechtrücke, jetzt, wo meine Kompetenz in Frage gestellt wird. »Ich bin ein viel besserer Spieler als er«, sage ich, »und ich beabsichtige, das jetzt auch zu beweisen. Noch drei Züge, und ich habe ihn. Er weiß ganz genau, daß er mich nicht schlagen kann, wenn ich nicht geschlagen werden will; er hat nur einen verzweifelten Trick versucht.«

»Du Narr«, meint Louis, »ich kann *dich* nach Belieben schlagen. Wir spielen Schach einfach nur mit unterschiedlichem Stil. Glaubst du denn wirklich, daß ich irgend etwas von dir zu befürchten hätte?«

»Natürlich hast du etwas von mir zu befürchten«, bestätige ich cool und bedeutungsschwer. »Warum hättest du sonst einen derart billigen Trick versuchen sollen? Du weißt, daß ich im Vorteil bin, und außerdem …«

»Du bist ein lausiger Spieler!« sagt Louis. Sein Gesicht verzerrt sich; jetzt wimmert er wie damals als Dreizehnjähriger. »Du kannst nicht mit den leichten Figuren umgehen und verlegst dich immer wieder auf die gleichen stupiden Varianten.« Jetzt strahlen seine Augen intensiv und verstreuen ein irres Licht. »Weißt du denn nicht, in welche Position du dich selbst gebracht hast?« fragt er. »Hast du denn nicht mal auf das Brett geschaut, hast du nicht …«

»Selbstverständlich weiß ich, in welcher Position ich mich befinde! Ich habe deinen Angriff vollständig abgeblockt, meinen Springer auf einem für dich gefährlichen Feld positioniert, ich habe deinen Läufer praktisch lahmgelegt und deine Dame zu einem überstürzten Rückzug gezwungen, die du von vornherein viel zu früh herausgebracht hast. Für welchen Idioten hältst du mich eigentlich? Du wirst diese Partie verlieren, Louis, und du wirst auch die nächsten sechzehn Partien durchgehend verlieren, und weißt du, was dann mit deinen Mächten des Bösen passiert? Ich werd's dir sagen …«

»Du Arsch«, erwidert Louis. Speichel benetzt seine Lippen. Ich habe ihn noch nie so neben der Kappe gesehen wie jetzt (und ich habe ihn in der Tat schon in vielen Zuständen gesehen). »Du verstehst nicht.

Du verstehst weder das Spiel noch das, was hier abgeht.«

»O doch, tue ich«, sage ich. »Ja, das tue ich. Du solltest lieber zum Brett zurückgehen und deinen nächsten Zug überlegen, Louis, denn ich vermute, daß du bestenfalls noch vier oder fünf Züge hast, bevor diese Partie gegessen ist.«

»Ruhe«, befiehlt der autoritäre Overlord. »Ihr beide seid jetzt still, ich muß nachdenken.« Und wirklich begibt sich die Kreatur in eine Denkerhaltung, verschlingt zwei Tentakel ineinander und nimmt eine besondere Positur ein, in der auch *Fünf* von der Auseinandersetzung ausgeschlossen zu sein scheint. Komplexe Sachverhalte, die mir vorher nicht bewußt waren, scheinen sich jetzt zu entwirren; es ist offensichtlich, daß es eine ganze Hierarchie von Paradigmen gibt, die ich bisher überhaupt nicht wahrgenommen hatte. Es war ein Irrtum von mir, *Fünf* und seine Truppe für die höchste Autorität zu halten. »Gut«, meint der Overlord und richtet sich aus seiner gebeugten Haltung auf. »Das Vergehen ist ein sehr schweres. Nichtsdestoweniger muß das Turnier weitergehen.«

»Natürlich muß es weitergehen«, läßt *Fünf* sich vernehmen, »wir haben einen knappen Zeitplan ...«

»Halt die Klappe. Sei einfach still. Wenn ich deinen Kommentar hören will, werde ich dich es wissen lassen.«

»In Ordnung«, meint *Fünf* sanft, »ich wollte nur einen Beitrag zur Sache bringen; schließlich findet das Turnier unter unserer eigenen Ägide statt und wir haben gewisse Rechte ...«

»Das Turnier ist schlimm in Mißkredit gebracht worden«, sagt der Overlord und bügelt die Einwände von *Fünf* glatt unter. »Die Integrität des Turniers ist bedroht worden. Nichtsdestoweniger ist es jetzt zu spät.

Dies ist die sechzehnte Partie von einundvierzig; es wäre zu aufwendig, noch einmal von vorne anzufangen. Also wird es weitergehen.«

»Warum ist es in Mißkredit gebracht worden?« fragt Louis. Er hat sich an der Wand zu einer kleinen Kugel zusammengerollt, wobei er leicht geschrumpft zu sein scheint, und seine Stimme klingt dünn, aber die Neugier hat ihm keine Ruhe gelassen. »Es ist absolut legitim, gegenüber dem Gegner psychologische Tricks anzuwenden; es ist sogar eine alte und honorable Facette des Spiels ...«

»Du bist auch ruhig«, sagt der Overlord ruppig. Er stiefelt zu Louis hinüber und patscht ihm ganz beiläufig mit einem Tentakel ins Gesicht.

Ich kann zwar nicht den Schlag sehen, sondern nur Louis' Augen, aber in dieser Hinsicht hatte der Kontakt eine verblüffende Wirkung; er hat meinen alten Widersacher gebrochen. Seine Augen weiten sich in Panik, und die Nasenflügel beben. Dann erfolgt noch ein Schlag. »Das wird dich lehren, Lügen über uns zu verbreiten«, sagt der Overlord. »Unsere Ziele falsch darstellen, uns zum Gespött machen, die Wahrheit verfälschen.« Er wendet sich ab und kommt dann auf mich zu. »Ich könnte dasselbe auch von dir sagen.«

»Warum von mir?« Ich hebe die Hände. Meine Gelassenheit unter diesen schwierigen Umständen ist einfach superb. Wenn ich ein unbeteiligter Beobachter wäre, würde ich die Art bewundern, in der ich die Situation meistern kann. »Ich hatte nichts damit zu tun.«

»Hast du es geglaubt?«

»Es geglaubt? Ich habe nichts geglaubt.«

»Das ist nicht so«, meldet Louis mit dünner Stimme. »Er hat es ja geglaubt. Er ist schon immer ein gutgläubiger Trottel gewesen; er konnte leicht manipuliert werden. Er hat alles geschluckt, was man ihm vorsetzte; das ist einer der Gründe, weshalb er sein Leben so vermasselt hat. Ich sage dir ...«

»Genug«, sagt da *Fünf*. Er kommt zu Louis herüber und wickelt einen Tentakel um ihn. »Ich glaube, es ist am besten, wenn du jetzt wieder zum Brett abhaust.«

»Dazu hast du kein Recht!« protestiert Louis. Das Desaster, zweimal geschlagen worden zu sein, hat ihn innerlich gefestigt; er glaubt nun, daß die Entwicklung ihren Tiefstpunkt erreicht und er bereits die schlimmste aller Möglichkeiten erlebt hätte. Er hat scheinbar am Boden gelegen und rappelt sich wieder einmal auf. »Ihr habt kein Recht, mich auf diese Art zu behandeln. Ich bin ein internationaler Großmeister. Ich habe um viele bedeutende Titel gespielt. Ich habe drei Jahre die Krone der *American Juniors* getragen ...«

»Das reicht«, meint *Fünf* ruhig, »das reicht jetzt.« Mit einer erstaunlichen Kraftentwicklung reißt er Louis herum (ich habe *Fünf* nie für einen kräftigen Burschen gehalten). Er legt einen Tentakel um Louis, eskortiert ihn aus dem Korridor zurück auf die Bühne und läßt mich mit dem anderen allein.

In plötzlicher Verlegenheit, beschämt durch seinen Blick – obwohl ich im Grunde gar nicht weiß, warum, denn ich habe mir absolut nichts zuschulden kommen lassen – täusche ich eine desinteressierte Haltung vor. »Gut«, sage ich, »es ist ein schwieriges Spiel, ich gehe lieber wieder an das Brett zurück ...«

»Du Narr«, entgegnet der Overlord. »Wir haben uns noch nicht mit dir befaßt.«

»Da gibt es auch nichts zu befassen. Ich habe dir alles gesagt, was ich wußte.«

»Warum ist das nicht sofort gemeldet worden?«

»Ich habe es gemeldet, Sir«, widerspreche ich. »Ich habe es gleich gemeldet. Wir befinden uns inmitten einer Partie, Sir«, wobei ich mich auf eine ehrerbietige

Anrede verlege, »und ich sollte eigentlich am Brett sitzen.«

»Akzeptierst du die Bedeutung dieses Turniers?«

»Selbstverständlich tue ich das.«

»Warum hast du dann so miserabel gespielt? Warum ist dein Spiel absolut schwach gewesen, eh? Beantworte mir das und hör mit dem Lügen auf.«

Das verblüfft mich. Und wirklich muß ich mehrere Male schlucken, bevor ich meine Aufmerksamkeit wieder auf den Overlord richten kann. »Ich glaube nicht, daß es wirklich so schwach gewesen ist«, behaupte ich beschwichtigend. Ich will nicht damit in Verbindung gebracht werden, Partien einfach geschmissen zu haben.

»*Wir* glauben es aber. Wir wissen eine Menge über Schach. Hältst du uns denn für Deppen? Wir haben eine sehr gründliche Analyse eures Spiels durchgeführt; wir wissen genau über die Regeln Bescheid und kennen die verschiedenen Leistungsklassen. Du und dein Gegner seid ausgewählt worden, weil wir sonst auf keinem Niveau zwei Spieler finden konnten, die so gleichwertig gewesen wären wie ihr. Euer Spiel ist identisch. Wie kannst du also mit fünf zu neun Partien zurückliegen?«

»Ich werde heute gewinnen.«

»Nein, wirst du nicht.«

»Werde ich doch! Überhaupt mußte ich mich erst mal einspielen.«

»Wir glauben, daß du vorsätzlich verloren hast«, unterstellt der Overlord. »Wir haben eine sorgfältige Analyse der ersten acht Partien erstellt, sie richtiggehend seziert und diese ersten acht Spiele ›auseinandergenommen‹. Es existiert eindeutig eine Abfolge von Schnitzern und Fehlern, die nicht mit deinem normalen Spielstil vereinbar sind.«

»Gut«, sage ich, »gut ...« Ich versuche, ruhig zu bleiben und die Atmung unter Kontrolle zu behalten. »Das stimmt so nicht, obwohl ich zugebe, daß ich etwas *sauberer* hätte spielen können.«

»Unsinn! Diese Patzer können nur als vorsätzliche Fehler gewertet werden. Du hättest sonst nie so dumm spielen können. Ist das denn fair?«

»Fair?« frage ich. »Wer und was soll fair sein? Ich verstehe nicht.«

»Na schön. Es gibt Milliarden denkender und fühlender Wesen, die du vertrittst.«

»Dessen bin ich mir bewußt.«

»Sie vertrauen alle auf dich. Du bist ihre einzige Hoffnung zum Überleben … und die ganze Zeit hast du dich geweigert, dein Bestes zu geben. Entweder das, oder dein Spiel hat sich wirklich drastisch verschlechtert.«

»In Ordnung«, sage ich. Das ist neu; dieses Wesen ist offenkundig nicht dumm, und die kleinen Täuschungsmanöver und Tricks, mit denen ich bei der ersten Gruppe von Overlords Erfolg gehabt haben könnte, ziehen hier nicht. Wäre es möglich, daß er herbestellt wurde, um mich zur Räson zu bringen?

»Es stimmt. Ich gebe es zu. Ich habe nicht mein Bestes gegeben.«

»Da hast du recht.«

»Ich wollte das Turnier so lange wie möglich hinauszögern. Louis' Niederlage war ohnehin unvermeidlich, und in diesem Fall dachte ich, daß es sinnvoll wäre, den Rassen oder Völkern, die er repräsentiert, eine möglichst lange Überlebensdauer zu gewähren.«

»Das war ein Fehler.«

»Ich bin ein *viel* stärkerer Spieler als Louis, egal, was eure Computer sagen, und ich wußte, daß ich das Turnier schon gewonnen hatte. Ich hätte nach Belieben gewinnen können, zog es aber vor, die Sache hinauszuziehen …«

»Falsch«, sagt der Overlord erneut. »Schrecklich, die kleinen Irrtümer und Täuschungen, denen ihr Wesen erliegt. Ist dir denn klar, daß du deswegen hart bestraft werden kannst?«

Ich versuche, demütig zu wirken, was mir unter diesen Umständen erstaunlich leichtfällt. »Ja, natürlich weiß ich das«, bekenne ich. »Aber ich werde jetzt richtig Dampf machen, also was soll's? Es ist alles Vergangenheit.«

»Wir arbeiten hier unter extremem Zeitdruck. Wir haben nie erwartet, daß das Turnier über alle einundvierzig Partien geht. Wenn wir wirklich davon ausgegangen wären, hätte der Zeitplan ganz anders ausgesehen; es wäre nämlich auch denkbar gewesen, denjenigen zum Sieger zu erklären, der fünf von neun Partien gewonnen hätte.«

»Ich verstehe.«

»Wir haben nur deswegen einundvierzig Partien angesetzt, weil wir sicher waren, daß der eine oder andere Spieler einen deutlichen Vorsprung herausarbeitet.«

»Obwohl wir die gleiche Spielstärke haben?«

»Ja. Schach ist ein Spiel mit einer enormen psychologischen Komponente, und ein kleiner Vorteil kann sich in einen großen verwandeln; der kleinste Fehler kann zur vollständigen Niederlage führen. Wir wußten, daß einer von euch unter diesem Druck schlappmacht und ein schnelles Ende kommen würde.«

»So wird es auch sein. Ich werde ihn in Folge schlagen.«

»Es könnte schon zu spät für dich sein. Ich weiß nicht, wie ich es dir sagen soll; aber du hast uns hier in Schwierigkeiten gebracht.«

»Tut mir leid«, wiederhole ich. Merkwürdigerweise beginnt mich dieses wichtige Gespräch zu langweilen. Außerdem will ich wieder zurück ans Brett. »Ich entschuldige mich für alles, du verstehst, aber ich glaube wirklich, daß ich jetzt wieder zurück an das Brett gehen sollte.«

»Dies *ist* die Apokalypse, weißt du«, sagt die Kreatur ruhig. »So war die Situation von Anfang an. Ihr spielt um die Zukunft des Universums.«

»Ja«, sage ich mit dem unbestimmten Gefühl, daß ich ihm nur nach dem Mund rede. »Ich weiß und akzeptiere das, und ich werde jetzt wirklich optimal spielen und Louis in kurzer Zeit auslöschen. Um es jetzt schon zu sagen, ich werde einundzwanzig zu neun gewinnen.«

Sprach's und mache mich unbehaglich, aber zielstrebig zum Nebenausgang davon. Es ist unmöglich, denke ich, daß ich jetzt einfach so davonkomme, aber überraschenderweise ist es doch möglich. Als ich durch die Tür gehe, höre ich ein rasselndes Geräusch, als ob der Overlord einen komplexen Mechanismus in seinem Innern einstellen würde. (Ich frage mich, ob es sich bei diesen Wesen vielleicht um mechanische Konstruktionen handelt, ohne Seele und Geist, sondern nur mit lebensechter Motorik. Es wäre sicher ein ökonomischer Weg, die Dinge zu regeln, aber wer bin ich schon, daß ich Sinn und Zweck des Universums enträtseln wollte?) Ich gehe in die große Halle zurück.

Und hier das Übliche: Gemurmel, Schnaufen, Niesen und Stöhnen umfangen mich, als ich mich der Lichtzone nähere, die den Tisch umgibt und der aus dieser Perspektive überraschend klein wirkt. Louis hockt in seiner zusammengekrümmten Haltung da, und die Figuren stehen noch so, wie wir sie verlassen hatten. Ich setze mich wortlos hin und vertiefe mich in das Spiel. Louis hat noch nicht gezogen. Die Figuren stehen noch wie zuvor.

Als ich ihn ansehe, weint er.

Er weint definitiv; große braune Tränen kullern von

seinem Gesicht herunter. Geführt von der Schwerkraft, platschen sie auf den Tisch, und er wischt sie mit der Handfläche weg, stöhnt und verreibt sie auf der Politur des Tisches. Noch während er das tut, werden die Tränen durch neue ersetzt. Ich sehe ihn durchdringend und wirklich ungläubig an. Dies ist schimpflich.

Ich habe Louis noch nie zuvor weinen sehen. Sogar in unserer Jugend, als er von Halbstarken aus unserem Viertel verdroschen wurde, wirkte er immer ungerührt und zeigte keine Emotionen. Dieses Verhalten jedoch ist neu für ihn und auch für einen Großmeister per se. Auf einem Turnier wird einfach nicht geweint; sogar Aljechins ausfallendste Reaktion war nie mehr als ein Furz gewesen. Das Protokoll verlangt strikte emotionale Beherrschung, die Unterdrückung aller Gefühle, obwohl einem ein gewisses Maß an Zähneknirschen bzw. hier und da das Drücken eines geschlagenen Bauern gestattet ist.

»Was stimmt nicht?« frage ich. »Was stimmt nicht, Louis?« Ein horrender Bruch der Etikette, aber ich finde die Frage so zwingend, und bis zu diesem Moment hätte ich nicht gedacht, welch profunde Wirkung sein Weinen auf mich haben könnte. »Louis, hör mit der Heulerei auf, ja? Das ist lächerlich, während einer Partie zu weinen. Und überhaupt erreichst du gar nichts damit. Du gewinnst dadurch nicht meine Sympathie.«

Er schüttelt den Kopf und sagt nichts. Die Tränen rollen weiter. Es geht so lautlos vonstatten, so völlig kontrolliert, daß das Publikum und die Sekundanten nichts davon mitbekommen. Wenn sie wüßten, was mit Louis los ist, würde es sofort einen Auflauf geben, aber er hält sich zurück. Wir sind für unsere Selbstkontrolle bekannt. »Hör jetzt auf damit«, verlange ich. »Was ist denn nur los?«

»David«, sagt er. »O David, du bist ja so ein Narr.«

Und dann verzerrt sich sein Gesicht; aus den Öffnungen fließen weitere Rinnsale, strömen über sein Kinn und befeuchten es. Es ist schockierend, ihn so zu sehen, zu merken, wie alt Louis geworden ist. Ich habe ihn natürlich nie für alt gehalten; er ist in meinem Alter und folglich noch ziemlich jung … aber in Wirklichkeit baut er psychisch und physisch bereits ab.

Ein Keckern, wie ein seniles Brummen, dringt aus seinem Innern. »*Whoop*«, meint Louis. »*Whoop!*«

»Bist du in Ordnung?« erkundige ich mich, noch immer in gedämpftem Ton. Ich befürchte, daß gleich jemand hinter die Kamera tritt, um eine Nahaufnahme zu machen, und welchen Reim würden sie sich dann darauf machen? Was würden wohl die Fernsehzuschauer davon halten? Mitten in einer Partie Absprachen über das Brett hinweg? Unglaublich kompromittierend; unsere Reputation würde das nicht überstehen. Ebenso könnte auch den Overlords dieses Flennen bald auffallen. »Was ist los?«

»Nichts«, seufzt er, wobei die Stimme auf dem *nich* brüchig ist. »Nichts ist los mit mir, David, außer daß du ein solcher Narr bist, merkst du das denn nicht?« Und dann verwandelt sich sein Weinen in Gelächter. Louis beginnt über den Figuren zu kichern. Er greift in eine Tasche, holt ein großes grünes Taschentuch hervor, entfaltet es und wischt sich damit über die tränenden Augen und die zitternde Nase. »Was für ein Narr«, wiederholt er schwach.

Was soll das? Es scheint unmöglich, daß sein Verhalten keine Aufmerksamkeit auf sich ziehen sollte, und dennoch scheinen wir in dieser Partie an einem toten Punkt angelangt zu sein. Kein Schiedsrichter ist auf der Bühne; die Absperrungen und Linsen sind starr. Offenkundig erwartet in diesem Moment niemand, daß sich etwas Interessantes ereignet. Könnte es sein, daß sich die Overlords gerade in einer hitzigen Hinterzimmerkonferenz befinden?

Louis knüllt das Taschentuch zusammen und steckt es wieder in die Tasche. Er seufzt, schüttelt den Kopf und meditiert über den Figuren. »So ein Narr«, sagt er, aber nur als Hauch eines Flüsterns. Ich muß ihm das direkt von den Lippen ablesen. Er greift nach vorn, packt leicht den Läufer und läßt ihn dann wieder aus der Hand gleiten. Berührt, geführt.

»Was geht hier vor?« will ich wissen. »Wovon redest du denn jetzt?« Doch Louis ist nun in Konzentration versunken. Welcher kleine Anfall ihn auch immer überkommen hatte; mein Opponent hat buchstäblich nichts zu sagen. Er wischt sich mit dem Jackettärmel über den Mund, rülpst und schaut wieder auf das Brett. »Jetzt reicht's aber«, sage ich. »Hast du mit deinem Unsinn nicht schon genug Ärger verursacht?«

»Noch nicht«, meint Louis, »noch nicht, David.« Und wieder streckt er die Hand aus – hier gilt jetzt eigentlich ›berührt, geführt‹ – und führt dann seine Figur langsam über das Brett, wobei sich kleine Staubwölkchen zu einem Halo zu verdichten scheinen, als die Dame ihre Wanderung aufnimmt. Dann lehnt er sich zurück, hängt schlaff wie ein exekutierter Delinquent auf dem elektrischen Stuhl und starrt mich an, sichtlich überwältigt von den Konsequenzen seines Tuns.

Indirektes Schach

Beim indirekten Schach bietet die entsprechende Figur dem gegnerischen König nicht unmittelbar Schach.

Vielmehr verhält sich die Sache so: Die Figur bleibt, wo sie ist, und das Schach erfolgt durch das Entfernen einer anderen Figur aus der Angriffslinie. So kann z. B. ein zwischen einem Turm und dem gegnerischen König stehender Läufer unverfänglich wegbewegt werden, um dann den König einem Turmangriff auszusetzen und dadurch eine vernichtende Wirkung zu entfalten, obwohl dieser Läufer den Angriff gar nicht selbst führt. Auf diese Art kann ein Läufer z. B. auch die gegnerische Dame angreifen, und weil der Gegner gemäß den Schachregeln verpflichtet ist, seinen König um jeden Preis von der Schachdrohung zu befreien, kann dies als ein sehr wirkungsvoller Zug betrachtet werden.

In der Tat hat es auch eine lange und honorable Geschichte, dieses indirekte Schach. Zu größter Bekanntheit gelangte es durch den schon lange verstorbenen Frank Marshall in seiner berühmten ›Goldregen‹-Partie um die Jahrhundertwende in New York City. Leider hatte es sich dabei nicht um ein Turnierspiel gehandelt. Marshall, hinten liegend und scheinbar schon geschlagen, machte einen derart genialen Zug, daß kolportiert wird, die Zuschauer hätten das Brett mit Goldmünzen überschüttet (damals war der Besitz von Gold noch nicht verboten). Wie bei den meisten Schachanekdoten war jedoch auch hier nur der Wunsch Vater des Gedankens.

Indessen hatte ich 1967 in Heidelberg gegen Stiller, diesen ungestümen Stiller, selbst eine solche Gelegenheit. Ich war im Tran durch sechzehn Partien gestolpert, wobei die Figuren rauh in meiner Hand lagen, mir das Brett als eine verwirrende und rätselhafte Konfiguration von vierundsechzig kleinen Feldern erschien und der Fortgang der Partie zwischen diversen Watteschichten stattzufinden schien. Die Schachblindheit hatte mich überkommen; das Spiel und seine Regeln scheinen plötzlich geheimnisvoll, und der Geist, der sich langsam durch implodierte Lagen von Klebstoff und Zement vorarbeitet, verweigert einfach eine Zusammenarbeit ... und als ich in diese Partie mit Stiller ging, schien sich meine bisher absolut gleichrangige Position in dem Turnier in der Gefahr des völligen Niedergangs zu befinden.

Tatsache war, daß ich mit sieben Siegen, acht Niederlagen und vierzehn Remis in diesem endlosen Turnier unter die Fünfzig-Prozent-Marke fallen würde. Wenn es also jemals einen Zeitpunkt gab, das Blatt zu wenden, mich wieder in den Griff zu bekommen und die späte Aufholjagd zu beginnen, für die ich im Lauf der Jahre berühmt geworden bin, dann war es an diesem Punkt ... aber ich konnte mich nach den sechzehn Zügen dieser Partie einfach nicht konzentrieren. Meine Spielentwicklung war mißlungen. Meine Absicht, in einer Sizilianischen Verteidigung einen Abtausch vorzunehmen, scheiterte beim dafür vorgesehenen neunten Zug, als Stiller, der Bastard, ein gewagtes und nicht vorhersehbares Turmopfer brachte. Per Saldo war es klar, daß meine Niederlage höchstens noch fünf Züge entfernt war.

Dann geschah es.

Es war, als ob sich die Qualität des Lichts in der

Halle verändert hätte, als ob seine fluoreszierende Intensität direkt in mich eindringen und das Gehäuse meiner Dummheit knacken würde. Mein seit Stunden schwerer Kopf wurde auf einmal übernatürlich leicht. Mein Körper, ähnlich schwerelos, schien sich auszudehnen. Er wurde so leicht und luftig, daß er jeden Augenblick auf ungrazile Art vom Brett in die Lüfte zu entschweben schien, um dann durch die Schiedsrichter zu driften, den Ring der Zuschauer, aus der Halle hinaus und in die Heidelberger Luft, ein weiteres Flugobjekt im deutschen Luftraum… und überwältigt von diesen Wahrnehmungen, richtete ich meine Aufmerksamkeit mit etlicher Mühe wieder auf das Brett und fragte mich, ob ich vielleicht krank würde. Und an diesem Punkt sah ich es. Die Welt verdichtete sich zu einem Knoten in meinen Eingeweiden.

Was ich in diesem transparenten Dunst der wiedererlangten Konzentration sah, war, daß es eine Möglichkeit gab, diesen Narren zu besiegen. Auf dem Brett hatte sich mit fast naturgesetzlicher Stringenz eine bestimmte Konstellation herauskristallisiert: mein Läufer wurde von seinen beiden Springern in die Zange genommen, die natürlich simultan angriffen, aber nicht geschlagen werden konnten, weil sie von einem Bauern respektive von der freistehenden Dame gedeckt wurden… aber wenn ich nun den Springer schlagen würde, passen Sie jetzt gut auf, den von dem Bauern gedeckten Springer, dann würde dieser Zug seine Königslinie entblößen und es mir erlauben, einen Läufer zum Tragen zu bringen.

Er konnte den Läufer nicht schlagen, weil er sich sonst einen Doppelbauern einhandeln würde… und wenn ich dann den freien Turm hinter dem Läufer schlagen würde, wäre das ein vernichtendes indirektes Schach. Der Läufer könnte auf die Damenseite gehen, er könnte nach unten zum Doppelschach ziehen und dann eine Pause einlegen, um noch den zweiten Turm zu holen. Und dem hätte er nichts entgegenzusetzen. Durch das Manöver mit den beiden Springern hatte er sich selbst blockiert.

Er war hilflos!

Ich mußte fast nach Luft schnappen, tat es aber nicht: Mit einiger Anstrengung konnte ich ein glucksendes und ersticktes Gelächter unterdrücken, das sich wie ein Wurm durch die Kehle schraubte und versuchte, durch den Mund zu entweichen. Die bloße Gewißheit des Sieges hat etwas, das selbst den liebenswürdigsten und zurückhaltendsten Menschen mitreißt: Ich habe einige Leute gekannt, die laut aufgelacht hatten, andere, die glatt in die Hose ejakuliert haben könnten ... aber die Jahre der Disziplin hielten mich zurück, und ich lachte Stiller nicht ins Gesicht, obwohl ich beim Anblick seiner einfältigen, stupiden Gesichtszüge und in dem Bewußtsein, daß die Partie nun für mich gewonnen war, dieses Gelächter nur mit einer großen Willensanstrengung niederhalten konnte.

Was ich dann machte, war, mit einer federnden Bewegung aufzustehen und im Raum herumzuwandern, um die körperliche Anspannung durch schiere Bewegung auszugleichen. Ich befürchtete, daß er bei einem Blick in mein Gesicht Lunte riechen würde ... aber ein Gefühl des Wunders, von dem das Königliche Spiel so durchdrungen ist, sagte mir, daß das einfach nicht möglich wäre.

Ich befand, daß er unter keinen Umständen etwas aus meinem Gesichtsausdruck schließen konnte. Und so stiefelte ich durch die Halle und lief im Slalom um die Tische, an denen noch gespielt wurde, zwanzig unterschiedliche Welten, deren Zwischenräume mich umfingen wie einen zappelnden Fisch das Netz, bis ich zu einer völlig kahlen Wand kam, mich dagegenlehnte, den Mund öffnete und die glatte Fläche einsaugte wie ein Fisch, der an der Wand eines Aquariums die Lippen schürzte. Er würde nichts merken. Ich würde ihm mein Wissen weder nonverbal noch sonstwie mitteilen.

Als ich zum Brett zurückkehrte, war die Situation unverändert. Stillers Uhr lief noch; er hatte noch nicht gezogen, obwohl er das Kinn in die gespreizte Hand gestützt hatte. Die Tatsache, daß sich die kleinen Flecken auf seiner Haut auszudehnen schienen, wiesen darauf hin, daß er etwas ahnte. Wie jeder Meister hatte er mehr gespürt als gesehen, was sich anbahnte, aber er kannte meine Körpersprache nicht, und ich wußte, daß er es auch nie würde. Meine Intention hatte ihn vollkommen überrollt. Und selbst wenn er es gesehen hätte, was hätte er schon dagegen unternehmen können? Die einzig denkbare Reaktion wäre gewesen, einen Springer zu aktivieren und ihn auf einem sicheren Feld zu positionieren. Aber selbst dann wäre der Angriff gerollt, hätte seine Entfaltung vielleicht einen Zug mehr benötigt.

Ich hatte ihn.

Er hatte bereits fünf Minuten verstreichen lassen und brütete noch immer steif über dem Brett. Als extrem langsamer Spieler, der er war, hatte Stiller nun fast eineinviertel Stunden in diese ersten sechzehn Züge investiert... was bedeutete, daß er früher oder später in Zeitnot geraten würde. Sicher war ihm das auch schon aufgegangen. Doch Stiller schüttelte nur den Kopf, gab seltsame leise Grummel- und Grunzlaute von sich und dachte nicht daran, zu ziehen.

Ein Anflug von Ungeduld überkam mich. Am liebsten hätte ich seine Figuren genommen und ihm eine in die Hand gedrückt. Er hatte kein Recht, angesichts dieser exquisiten Kombination so zu trödeln. Dennoch konnte ich ihn nicht zwingen.

Die Etikette mußte gewahrt bleiben. Die Etikette mußte im Turnierschach immer gewahrt bleiben, obwohl ich ihm gerne eine gescheuert hätte. Die so oft dementierte aggressive Grundströmung des Schachspiels ist die grundlegende Komponente des Spiels. Ich hätte Stiller seinen dicken, zitternden Hals umdrehen können für das, was er mir antat. Aber so etwas tut man nicht. Man sucht statt dessen den richtigen Zug. Ich fand mich damit ab.

Während ich mich also damit abfand, hatte ich eine lebhafte Vision: Ich würde auf den Tisch springen und mich mit enormer Wucht auf Stiller stürzen. Ich würde ein gigantisches Knie in seine Backe rammen, brüllen und die Schachfiguren auf den Boden werfen. »Das kannst du nicht mit mir machen!« würde ich schreien. »Nicht, wenn du eh schon geschlagen bist, du Depp. Es wäre eine Sache, wenn du am Gewinnen wärst, aber das bist du ja nicht; es ist aussichtslos. Ich habe den Schlüssel zum Sieg gefunden, und du bist hilflos. Es gibt also nichts mehr für dich zu tun, gib auf, zieh!« Aber er würde dennoch nicht ziehen, sondern weiter in seiner Haltung über den Schachfiguren verharren.

Sitzfleisch, dachte ich ergrimmt: Vor der Einführung der Schachuhr im späten neunzehnten Jahrhundert war diese Taktik an der Tagesordnung gewesen. Vor dieser Zeit hatte es kein Zeitlimit für Züge oder Partien gegeben, und ein eigentlich schon geschlagener Spieler konnte durch die schlichte Weigerung, einen Zug zu machen, noch einen Sieg herausschinden, indem er seinen erzürnten Gegner nervlich fertigmachte. *Sitzfleisch* ... der Bleihintern, der alle Schwierigkeiten einfach aussitzt und die Situation durch seine simple Weigerung, zu ziehen, kontrolliert.

Sicherlich könnte Stiller diese Taktik jetzt nicht anwenden. Seine Uhr lief, und nun hatte er nur noch eine Stunde für die nächsten zwanzig ... aber er zog immer noch nicht. An diesem Punkt zerbrach etwas in mir. Wenn das Publikum größer gewesen wäre, hätte es sicher bemerkt, daß ich mich ziemlich irre verhielt. Ich ging zum Schiedsrichter hinüber; der Schiedsrichter, ein kleiner, zerstreuter Deutscher, den die Stadt im Zuge von Einsparungsmaßnahmen rekrutiert hatte (das Turnier fand in jenem Jahr vor dem Hintergrund finanzieller Engpässe statt). Ich widerstand dem Impuls, ihn bei den Frackschößen zu packen und verlegte mich statt dessen auf ein treudoofes, betrübtes Grinsen, wobei ich zudem noch geiferte. »Bitte«, sagte ich, »ihr müßt etwas tun. Er will seinen nächsten Zug nicht machen.«

Der Schiedsrichter schaute mich verständnislos an. Ein wilder und teutonischer Ausdruck legte sich über sein Gesicht, und dann sah er zu Boden. »Ich spreche mit Ihnen!« schrie ich. »Er will nicht ziehen. Sie müssen dafür sorgen, daß er seinen Zug macht.«

Der Schiedsrichter nuschelte etwas und verdrückte sich dann. Ich stampfte im Zorn mit den Füßen auf und wußte, daß ich jetzt die Aufmerksamkeit einiger Zuschauer in der Halle auf mich zog. »Er soll ziehen!« rief ich. »Er soll ziehen!«

Stiller sah von dem einen Meter entfernten Brett auf und rieb sich die Hände. Auf der ganzen Länge der Tischreihe regte es sich; die ruhige Konzentration war verflogen. Einige Spieler starrten zu uns herüber. »Bitte«, wandte ich mich an sie, »das kann es doch nicht geben.«

»Also wirklich, David«, meinte da Stiller, »das ist nicht in Ordnung, das ist wirklich völlig regelwidrig. Gestatte mir bitte, meinen nächsten Zug in Ruhe zu überlegen.«

»Lügner!« erwiderte ich. »Du hast keinen nächsten Zug mehr! Du willst überhaupt nicht ziehen, du sitzt einfach nur herum.«

»Ich werde definitiv ziehen, wenn du mir die Gelegenheit dazu gibst. Wie könnte ich«, stellte er sich dumm, »unter diesen Umständen einen Zug machen?«

Sein Verhalten war so korrekt und apologetisch, von solcher Scheinheiligkeit durchdrungen, daß es mich zur Raserei trieb, und knurrend sprang ich ihn an, ignorierte den Schiedsrichter, der halbherzig eingreifen wollte, dann mit einem Seufzer den Kampf aufgab und zur Seite fiel, als ich mich auf meinen Gegner stürzte. Ich spürte den schockierenden Kontakt seines Fleisches beim Aufprall.

Schach ist ein Spiel, welches eher für seinen intellektuellen als für körperlichen Kontakt bekannt ist, und deshalb war diese Attacke gegen Stiller gleich doppelt schockierend. Leise Seufzer ertönten, als ich seinen massigen hebräischen Hals umklammerte und zusammendrückte. (Ich bin kein Antisemit, aber Juden haben etwas Charakteristisches an sich, eine abstoßende Mischung aus harter Persönlichkeit und weicher Physis, die ich widerlich finde.) Oh, was drückte ich zu!

»Mach das nicht«, sagte er, »David, mach*chch* das ...«, und dann verwischte sich seine Stimme bis zur Unkenntlichkeit, während er vom Stuhl kippte und Springer und Läufer wie kleine unregelmäßige Perlen mit zu Boden gingen.

»Das kannst du mit mir nicht machen!« fand ich. Vage registrierte ich Gestalten, die auf den Schauplatz unserer kleinen Konfrontation zueilten und uns zu trennen versuchten, aber ich war kaum zu bändigen. »Ich habe Besseres verdient als das hier. Ich habe die Partie fair gewonnen, du Narr. Du kannst nicht einfach hier sitzen und darauf warten, daß ich gehe!« und so weiter und so fort, Genuschel und Flüche flossen ineinander, und ich knetete seinen kurzen Hals, bis sein Judenkopf wie eine Blüte auf dem Hals hin- und herschwankte, und erst in diesem Moment war die Intervention der anderen erfolgreich.

Sie gingen zwischen uns, lösten mich von Stiller, ihn von mir, und ich sah ihn zurückweichen. Dann ging ich zu Boden, festgehalten von Schiedsrichtern, Funktionären und ein paar engagierten Zuschauern, die von den Rängen zu Hilfe geeilt waren und sich eingemischt hatten, obwohl die FIDE einiges gegen einen solchen Vorgang einzuwenden hat. Lichter illuminierten mein Sichtfeld wie Insekten. Ich fühlte mich buchstäblich in einem Extremzustand, aber ich sagte mir, daß auch das vorbeigehen würde, vorbeigehen mußte.

Einen solchen Zwischenfall hatte es während einer internationalen Schachmeisterschaft noch nicht gegeben, aber es gibt immer ein erstes Mal. »Es tut mir leid«, sagte ich, als ich wieder zu Atem gekommen war, »tut mir wirklich leid, das, aber er hat natürlich betrogen. Er ist ein großer Betrüger, und nicht nur das, er ist auch noch ein Jude.«

Ich spürte, wie ich hochgerissen und durch die Luft geschoben wurde, während ich in dem stützenden Netzwerk aus Händen zappelte. »Das Spiel muß fair gespielt werden«, bemerkte ich dennoch. »Es ist ein großes Spiel, aber wenn man sich nicht an die Regeln hält, was soll das dann noch? Es ist dann nur noch eine Verrücktheit; es sind die Regeln, die es groß machen, die Bestimmungen, die es formen, die Komplexität, die ihm Genialität verleiht.« Dann muß ich wohl ohnmächtig geworden sein oder mich zumindest nur bruchstückhaft an das erinnern, was sich in den darauffolgenden Augenblicken ereignete. Einen Moment lamentierte ich noch, und im nächsten war da eine blanke, aseptische Grube, kein Gefühl des Übergangs zwischen beidem, und dann …

Ich fand mich in einem kleinen Raum hinten in der

Halle wieder, wobei zwei Funktionäre eindringlich auf mich einredeten. »Wir können so etwas nicht zulassen, David«; sagte der eine. Ich nickte; offensichtlich war ich die ganze Zeit bei Bewußtsein gewesen, wenn auch ohne Erinnerung, und versuchte, die Vorgänge zu rekonstruieren. Dachte ich jedenfalls. »Es ist ein Skandal. Stiller wird gerade von einem Arzt untersucht, und er wird vielleicht Anzeige wegen Körperverletzung erstatten. Die Deutschen sind nämlich ein sehr autoritäres Volk, weißt du.«

Der andere Funktionär, schweigsam, aber nicht weniger involviert, nickte bekräftigend dazu. »Haben Sie eine Erklärung für Ihr Verhalten, David?« fragte der erste Funktionär. »Irgend etwas, das Sie entlastet, das wir der FIDE vorlegen können?«

Ich schüttelte schwach den Kopf.

»Das habe ich befürchtet, David. Es ist illegal, den Gegner während einer Partie anzugreifen. Es läuft dem Anspruch des Spiels zuwider, seinem geistigen Anspruch ...«

»Geht zum Teufel«, empfahl ich. Obwohl ich mich ausgelaugt und schlapp fühlte, hatte ich doch noch einen Rest Energie. Ich kam mühsam auf die Füße. »Geht zum Teufel!«

Der Funktionär sah mich verblüfft an. Solche Töne werden selten vernommen bei einer Schachpartie, und Aljechin ist schon lange tot. »David«, sagte er.

»Euer hochgeistiges Geschwätz macht mich krank«, verkündete ich, »ich habe genug von euren billigen Sprüchen. Schach ist ein Spiel für Versager und Feiglinge. Sehen wir die Dinge, wie sie sind. Ich hatte eine klare Offensivkonzeption und hätte die Partie nach weiteren fünf Zügen gewonnen.«

»Aber ...«

»Aber er wollte die Realität seiner Niederlage nicht akzeptieren. Der Ärger mit allen Schachspielern außer mir ist der, daß sie sich nicht der Realität stellen wollen! Die Realität des Spiels ist das Spiel selbst. Sie haben versucht, es zu einem Ersatz zu machen, aber es funktioniert nicht. Die Dinge werden sich nie ändern.«

Zugegeben, ich sabberte in einem Zustand, der später als ein schwerer Schock diagnostiziert wurde. Angstneurose. »Ich will aus dem Großmeisterzirkus aussteigen«, sagte ich. »Ich will mit dem Turnierschach aufhören, heiraten, in der richtigen Welt leben, ein wenig reisen und die Orte *sehen*, an denen ich mich befinde. Ich werde das Schachspielen aufgeben«, meinte ich, woraufhin der schweigsame Funktionär wie irre zu nicken begann, als ob ich eben von ihm gesprochen hätte, und erkannte Zustimmung in seinen Augen. »Rauskommen«, sagte ich, »Leute treffen, sich in der Welt umsehen, von solchen Narren wie Stiller wegkommen.« Und dann stolperte ich auf die Vorzimmertür zu; meine Absicht war ganz klar, meine Absicht bestand darin, die Halle zu verlassen und mein neues Leben zu beginnen, aber …

Als ich durch die Tür ging, taumelte ich buchstäblich in die Arme von Funktionären, Reportern, Ehrengästen und Großmeistern – alle riefen: »Das Brett steht wieder, das Spiel kann weitergehen, Sie müssen spielen, Sie müssen!« Ich versuchte, mich ihrem Griff zu entziehen, schaffte es aber nicht. Ich spürte, wie ich in diesem Gewirr aus Armen gefangen war und wieder in die Halle gebracht wurde, auf das Brett zu, wo alle Figuren wieder so aufgestellt waren wie zuvor, nur mit dem Unterschied, daß mein die Springer *en prise* flankierender Läufer irgendwie abhanden gekommen war.

»Wo ist er?« fragte ich. »Wo, zum Teufel, ist mein Läufer?« Schiedsrichter, Ehrengäste und Großmeister begannen zu lachen. »Wo ist mein *Läufer?* Mein ganzes Spiel hängt von ihm ab.«

»Die Konstellation ist die gleiche wie vor Ihrem Abgang«, behaupteten sie alle im Chor. »Nichts hat sich verändert, nichts hat sich verändert.« Aus einer Seitentür trat der malträtierte Stiller; er war neu eingekleidet und trug ein Hemd, dessen Kragen die Spuren verdeckte, die ich an seinem dicken Hals hinterlassen hatte, und ein Verband lag um den Hals. Er plazierte sich an der anderen Seite des Bretts und ignorierte mich geflissentlich ... und ohne das geringste Zögern bewegte er seine Dame auf **d7** und bot mir ein donnerndes Schach. Entsetzt schaute ich auf das Brett. Matt drohte in einem Zug. »Das ist illegal!« schrie ich. »Ihr habt die Figuren falsch aufgestellt, ihr habt ...«

»Zieh!« bellten der Schiedsrichter und die Ehrengäste; Stiller sagte gar nichts, sondern saß mit gefalteten Händen bescheiden da und schaute auf eine entrückte Art verklärt auf das Brett. Als ich ihn ansah, das Brett ansah, die Schiedsrichter ansah und dann die zwei FIDE-Funktionäre (die wieder aufgetaucht waren), wurde mir ganz klar, daß die Situation wohl außer Kontrolle war.

Beim Blick auf die Uhr erkannte ich, daß ich noch anderthalb Stunden hatte. Das war sicherlich genug. Ich würde ihn aussitzen. Ich faltete die Hände und betrachtete das Brett, in eine Aura der Konzentration versunken, aus der ich nicht heraustreten würde. Ich würde nicht schachmatt gesetzt werden. Das würden sie nicht mit mir machen.

Es ist möglich, daß gewisse Aspekte dieser Anekdote fabriziert sind, aber das gilt nicht für alle.

Siebentes Kapitel

Dame schlägt Läufer – Schachmatt

Ich schaue zu Louis auf, wie er seinen Zug macht und dabei weint. Sein noch immer verzerrtes Gesicht hat sich verdüstert. Kleine ungesunde Flecken, die sich als Vertiefungen auf der breiten Oberfläche abzeichnen, die Augen sind umflort, der dürre Hals zittert.

»Es tut mir so leid«, sagt er. »Mein alter, alter Freund, es tut mir so schrecklich leid.«

Als ich auf das Brett blicke und sehe, was er mir angetan hat (oder vielleicht überlege ich auch nur, was ich mir selbst angetan habe; konnte eine Sache wie diese wirklich wahr sein?), überkommt mich ein verwirrender Moment der klaren und brillanten Einsicht, der sich schließlich stabilisiert und mich nicht mehr verläßt. Er setzt sich statt dessen immer weiter fort und zieht heiße kleine Lichtblitze hinter sich her, die wie bei jemandem, der an der Ruhr erkrankt ist, in Krämpfen aus dem Darm brechen... und ich sehe dann, wo wir waren, wo wir jetzt sind und wohin wir gehen werden, aber diese Erkenntnis kann unmöglich von Dauer sein. Nein! Sie verläßt mich auch, während diese Krämpfe sich in die üblen und tödlichen Flüssigkeiten der Eliminierung auflösen, und hier bin ich wieder, schaue auf das fluoreszierende Brett, das Licht in der Halle ist grell und leuchtend. Gemurmel umgibt mich. Ich drehe mich um und will die Quelle orten, aber als ich dann in die entsprechende Richtung blicke, ist erwartungsgemäß niemand da, außer Louis und mir. So ist es immer schon gewesen. Langsam lasse ich mich dann wieder auf meinen Stuhl sinken, und die gallertartige Substanz, als die ich das Turnier wahrnehme, hüllt mich erneut ein. Zehn zu fünf Partien. Noch sechsundzwanzig Partien zu spielen.

Beim nächstenmal werde ich mit harten Bandagen kämpfen.

Anfänger-Matt – Ein Angriff (siehe *Ruy Lopez*), um Anfänger oder Stümper sehr schnell matt zu setzen.

Anfänger-Matt in vier Zügen – Ein außerordentlich subtiler und raffinierter Angriff, der Anfänger und Stümper in vier Zügen matt setzt.

David – Das bin ich, Hauptperson, Kommentator und Protokollant. Einer der nettesten Menschen unter den zeitgenössischen Großmeistern. Voller Wärme und Engagement, jederzeit bereit, einem Neuling zu helfen und einen alternden Kollegen in den Jahren seines Niedergangs zu trösten und aufzumuntern. Ein internationaler Großmeister auf Platz 20 dieser korrupten Schach-Weltrangliste. Eigentlich jedoch der beste Spieler der Welt. Morgen fünfzig Jahre, zwei Monate und ein paar Tage alt. Glattrasiert, ehrlich, brillant, sympathisch, mit der selbstauferlegten Verpflichtung, die Mächte des Lichts gegen die Mächte der Dunkelheit zu verteidigen. Weder eine Jungfrau (wie sein Gegner) noch ein Päderast (wie sein Gegner), sondern irgendwo in der dazwischenliegenden Grauzone angesiedelt. Ein erstklassiger Schachspieler, der gegen alle Schulen antreten kann, aber ganz besonders versiert ist in der Verteidigung gegen den Ruy Lopez.

Fianchetto – Ein Angriff im Schachspiel (f1–g2 bzw. f8–g7). Von diesen Positionen aus bedrohen die

Läufer die gegnerischen Türme und behindern durch die Beherrschung der Hauptdiagonalen die gegnerische Spielentwicklung. Ein bekannter Zug beim Larsen-Angriff, einer Umkehrung der Sizilianischen Verteidigung.

Fischer – Robert James Fischer (…. 9. 1943), ehemaliger Schachweltmeister. Ein schwieriger, trickreicher Spieler, der schon mit vierzehn Jahren amerikanischer Juniorenmeister war. Sein einziger Fehler: Er müßte viel beherrschter sein.

König – Hauptfigur im Schachspiel, dessen Mattsetzung (oder Bedrohung) der eigentliche Sinn des Königlichen Spiels ist. Der König darf bei jedem Zug immer nur ein Feld, jedoch in alle Richtungen, weitergehen. Er darf jedoch nicht ins Schach ziehen und muß immer ein Feld Abstand zum gegnerischen König halten. Diese wichtigste und aufgrund der eben genannten Beschränkungen gleichzeitig auch schwächste Figur im Spiel ist das beste Beispiel für eine dieser Ironien, die das Schachspiel im Übermaß aufweist. Sehr brauchbare Figur im Endspiel. Die größte Figur überhaupt, liegt ausgesprochen gut in der schwitzenden Hand, wenn man die Finger eng darum schließt. Der König schmiegt sich in diese Höhlung wie ein kostbares Juwel, sein zitternder Kopf ist ein Symbol der Weisheit. Hinterläßt auf der Handfläche einen Abdruck seiner Bedeutung, der immer im Verborgenen bleiben wird. (Siehe *Läufer*).

Königin (Dame) – Die mächtigste Schachfigur. Kann beliebig weit (sofern nicht durch eigene Figuren behindert) in jede Richtung ziehen, seitlich oder diagonal. Symbolisiert für viele Literaten die Urmutter, die Matriarchalische Komponente, die Unzugängliche Vulva, die Strafende Mutter Erde etc. Alles reiner Quatsch. Sie leitet fast immer den Matt-Angriff ein. Von gleicher Höhe und Gestalt wie der König, bei Staunton aber leider nicht so gefällig rund – will sagen, daß diese Figur nicht so schön phallisch in der Hand liegt. (Siehe *Läufer*).

Läufer – Eine leichte Figur. Bewegt sich diagonal auf den gleichfarbigen Feldern und kann jede Figur auf diesen Feldern schlagen. Louis erinnert mich irgendwie an einen Läufer, hat diese Figur doch eine ausgeprägt phallische Erscheinungsform. Ihr Kopf ähnelt irgendwie einem unbeschnittenen Glied. Und genauso habe ich meinen Gegner in Gedanken immer gesehen. Im ausbalancierten System des Schachspiels ist der Läufer dem Springer in etwa gleichrangig und wird ihm im Endspiel sogar überlegen, wenn die potentiell zu kontrollierenden freien Räume sich erweitern. Einen Läufer gegen einen Springer zu tauschen, kann in der Anfangsphase und auch im Mittelspiel noch vorteilhaft sein, aber nicht mehr im Endspiel. Der Läufer tritt im Bischofsornat auf, und ich habe mir oft vorgestellt, wie Louis sich derart gewandet vor einem Altar verneigt, über dem ich mich zu enormer Größe erhebe. »Segne mich, segne mich«, fleht er, und ich antworte: »Wer außer dem Papst könnte wohl einen Bischof segnen?« Dabei streichelt er mich mit glühenden Fingern, eine tödliche Berührung, ausgeführt mit einem kalten und merkwürdig starren Blick. »Das ist natürlich auch wieder richtig«, pflichtet er mir bei.

Louis – Mein Gegner. Morgen fünfzig Jahre, zwei Monate und ein paar Tage alt. Die Verkörperung aller bösen Mächte des Universums. Ein Lüstling und Zölibatär, ein Narr, ein Clown, ein Aufschneider und Perverser, ein Betrüger, Dieb, Lügner, Sadist und Doppelgänger. Von Jugend auf impotent aufgrund einer angeborenen Mißbildung des Penis, die eine Erektion unmöglich macht, und somit nicht in der Lage, eine Frau zu befriedigen. Steht in der offiziellen Rangliste etwas höher als ich, weil er ein paar Funktionäre bestochen hat. Mit den Jahren seines Niedergangs, Vergreisung und Tod vor Augen, hat dieses Individuum die meisten möglichen Verbrechen und Scheußlichkeiten längst hinter sich. Wir haben gemeinsame Kindheitserfahrungen, und es gab sogar gewisse Ähnlichkeiten in unserer Persönlichkeitsstruktur (zumindest in jenen frühen Jahren) und Karriere, was zur Folge hatte, daß man uns zuweilen verwechselte. Doch diese Übereinstimmung und Charakterverwandtschaft besteht schon seit Jahrzehnten nicht mehr. Wir sind grundverschieden, das weiß jeder. Louis, dieser widerwärtige Zeitgenosse, verkörpert die Mächte des Bösen, ich hingegen die Mächte des Guten. Bei all unseren homosexuellen pubertären Spielereien war er der Aggressor gewesen, ich immer nur der passive Teil. Ich wußte damals nicht, was ich tat. Ich muß krank gewesen sein.

Overlords (Oberherren) – Die Veranstalter des Turniers. Eine extraterrestrische Spezies unbestimmer Herkunft, die aus nicht näher spezifizierten Gründen diesen Schachwettstreit arrangierten, um zu ermitteln, ob das Schicksal des Universums fürderhin in den Händen der Mächte des Guten oder des Bösen liegen soll. Purpurfarbene, tentakelbewehrte Entitäten, die ein gutes Englisch sprechen, weil sie über Translatoren verfügen. Gerüchte, sie hätten das Turnier aus rein sportlichen Erwägungen angesetzt und die Funktionäre falsch unterrichtet, um die Spannung zu erhöhen, entbehren jeglicher Grundlage. Obwohl freundlich und auf vielerlei Art humanoid, ist ihr Äußeres grotesk und abstoßend. Ich werde daher nicht mehr näher auf sie eingehen.

Springer (Pferd) – Eine leichte Figur. In Spielwert und Angriffsstärke in etwa dem Läufer vergleichbar, diesem in der Eröffnung jedoch überlegen, gleichwertig im Mittelspiel und unterlegen im Endspiel. Bei Staunton ist er eine Figur mit Pferdekopf, in moderneren Versionen tritt er als Pferd mit Reiter auf. Bewegt sich beim Ziehen zwei Felder geradeaus und ein Feld nach links oder rechts bzw. ein Feld nach links oder rechts und dann zwei Felder geradeaus. Die einzige Figur, die eigene und gegnerische Figuren überspringen kann.

Springergabel – Die simultane Bedrohung von zwei Figuren durch einen Springer. Ein gefährlicher, meist sogar fataler Zug in der Anfangsphase des Spiels, z. B. ein Angriff auf einen Turm bei gleichzeitigem Schachbieten. Wegen seiner besonderen Eigenschaften (der relativen Unangreifbarkeit, der Beweglichkeit, der grotesken Erscheinung und der Angewohnheit, überall auf dem Brett Pferdeäpfel zu hinterlassen) ist der Springer die Figur, die sich am besten für einen Simultanangriff eignet. Aber auch von Damen und Läufergabeln weiß man zu berichten.

Ruy Lopez – Standarderöffnung für Weiß, vermutlich im finstersten Mittelalter von einem spanischen Priester erfunden, der gerade nichts Besseres zu tun hatte. Dieser Angriff besteht aus einem Vorstoß der Königs- oder Damenbauern ins Mittelfeld, um möglichst schnell die Läuferdiagonalen zu öffnen, von denen aus die Springer dann das Zentrum kontrollieren können. Ein direkter und massiver Angriff, um weiter auf dem Brett vorzurücken. Wird aber leicht durch die Sizilianische Verteidigung gestoppt, die den Vormarsch abblockt. Zur Zeit bei den Modernisten unter den Schachspielern verpönt und daher kaum in Anwendung. Trotzdem bei Amateurspielern noch oft zu sehen. Der Ruy Lopez kann gegen einen nervösen oder unerfahrenen Gegner, der es unterläßt, den Königs- oder Damenbauern vorzurücken, in ein Anfängermatt umgewandelt werden.

Schach – Das Königliche Spiel. Vermutlich im zwölften Jahrhundert in Persien erfunden. Aber es gibt Vorläufer weit älteren Ursprungs. Tatsächlich liegen die Ursprünge dieses Spiels im dunkeln. Es wird auf einem Brett mit 64 abwechselnd hellen und dunklen Feldern sowie mit sieben verschiedenen Figuren gespielt, insgesamt sechzehn Figuren pro Spieler. Gelehrte und Literaten haben dieses Spiel lange als Metapher für den Krieg oder das Leben generell betrachtet. Großmeister, welche die Wahrheit kennen, geben jedoch nichts auf Metaphern. Sie wissen, daß nur das Spiel zählt und daß es sich einzig durch seine Regeln erklärt, daß es eigentlich um nichts geht. Und um alles.

Sizilianische Verteidigung – Eine weit verbreitete Antwort auf den Ruy Lopez; wird von vielen Experten angewandt. Gehört zum technischen Rüstzeug aller Großmeister (siehe auch *Ruy Lopez*.)

Turm – Auch bekannt als ›Burg‹. (Eine mittelalterliche Bezeichnung für diese Figur.) Als zweitstärkste

Figur kann er in jede Richtung ziehen, nur nicht diagonal. Besonders effektiv, wenn er ›gedoppelt‹, also in der gleichen Reihe wie der zweite Turm positioniert wird, der gerade einen massiven Angriff, häufig mit Schachgebot, führt. Gilt als halb so stark wie der König. Kann ›rochieren‹, d. h unter bestimmten obskuren Voraussetzungen mit dem König den Platz tauschen – gewöhnlich während der Eröffnung. Entfaltet seine eigentliche Stärke im Endspiel, wenn sich das Brett geleert hat und er seine ganze Schlagkraft aus der Distanz zum Tragen bringen kann.

Venus – Dritter Planet des Sonnensystems, auf dem die fünfzehnte Partie (1. e2–e4 e7–e5; 2. Dd1–f3 Sb8–c6; 3. Lf1–c4 Sc6-d4; 4. Df3xf7‡) stattfand.

Zugzwang – Eine Situation, in der ein Spieler eine starke Verteidigung aufgebaut hat, aber selbst am Zug ist und sich dabei mit der Tatsache konfrontiert sieht, daß er, welchen Zug er auch macht, dem gegnerischen Angriff eine Bresche öffnet. Ganz gleich, was dieser Spieler auch tut, sein Zug wird ihn den Sieg kosten. Am liebsten würde er einen Zug aussetzen. Er wünscht sich, das unerbittlich tickende Schachmetronom (Zieh-*zieh*, zieh-*zieh*. zieh-*zieh*) würde abgestellt. Aber wie er sich auch dreht und windet, er wird immer wieder zu derselben Erkenntnis gelangen: seine sorgfältig aufgebaute Verteidigung wird niedergerissen, *und zwar durch die eigene Hand. Er hat selbst den Keim seiner Niederlage gepflanzt*, und er kann nichts, rein gar nichts tun, um sie abzuwenden; was er auch macht, sein Spiel ist gelaufen.

Nun versucht er einen Ausweg aus dieser Falle zu finden; er wird vielleicht aufstehen, etwas essen und sich ein wenig unterhalten, um dann, *als hätte er bereits gezogen*, mit einem gewinnenden Lächeln und die Achseln zuckend an seinen Platz zurückzukehren. Aber dieser intolerante, unerbittliche Schiedsrichter läßt sich nicht täuschen, es gibt keinen Weg, ihn zu überlisten. Immer ist da diese Gestalt von einem Schiedsrichter, der das Schachuniversum kontrolliert. Es führt kein Weg an ihm vorbei, die Falle ist zugeschnappt; der Spieler weiß jetzt, daß er dem Untergang geweiht ist, und während er sich mit aufgestützten Händen wieder erhebt, schweift sein Blick mit einer Mischung aus Angst und Lust über das Umfeld (denn das Desaster hat fast etwas Sinnliches), bis seine Augen am leeren, ausdruckslosen Gesicht des Gegners haftenbleiben. Der wartet auf den Zug, der ihm den Sieg bescheren wird. Ihre Blicke haben sich ineinander gesenkt, die Konturen ihrer Gesichter fließen gallertartig zusammen und machen jede Identifikation unmöglich. Während er leise wehklagend aus der Halle stürzt, erfaßt der Mann unter *Zugzwang* endlich die Wahrheit. Nichts, nichts, überhaupt nichts wird man jemals dagegen unternehmen können – oder gegen die unerbittlich tickende Uhr der Sterblichkeit.

EPILOG

Ich erwachte auf dem Schrottplatz aus dieser tödlichen Benommenheit, betrachtete das Chaos vor uns, versenkte mich in das Chaos in meinem Innern, und als ich mich dann Louis zuwandte, war in seinen Augen das letztgültige Wissen eingraviert: daß er mich besessen hatte und durch das Eindringen in mich nicht nur meine fleischlichen Geheimnisse, sondern einen noch komplexeren und verwerflicheren Zustand ergründet hatte, etwas, das er beim Eindringen in mich entdeckt hatte, und das er nun, ohne daß ich je etwas daran zu ändern vermochte, für alle Zeiten wissen würde. Alles, was ich jetzt tun konnte, war, der Intensität seines Blickes (oder vielleicht meine ich an dieser Stelle auch nur die Intensität meines eigenen Wissens) standzuhalten. Er sah mich überhaupt nicht an. In dieser Hinsicht bin ich mir völlig sicher: Er sah mich nicht an, sondern hatte sich halb von mir weggerollt, einen Arm über die Augen gelegt, und auf dem Rücken liegend atmete er flach, wobei nur noch ein leichtes Zucken der Beine auf dieses katastrophale Eindringen hindeutete. Wie hätte ich auch annehmen können, daß er mich ansah? Wie hätte ich auch nur glauben können, daß er mich anschaute, wenn er in Wirklichkeit in tiefe Selbstbetrachtung versunken war und wir beide wie aus einem Aquarium geschüttete Fische auf dem Parkett der Welt herumzappelten, gefangen im konvulsivisch zuckenden Akt des Lebensspendens? Ich muß versuchen, die Reflektion dieser Ereignisse so authentisch wie möglich zu halten. Ich darf auf gar keinen Fall die Realität durch die Vorstellung ersetzen.

»Das kann nicht sein«, meinte ich. »Du kannst das nicht mit mir gemacht haben, es ist unmöglich, ich werde das nicht akzeptieren«, und ähnliche Dementis in meinem jugendlichen Eifer. Ich muß unbedingt dazusagen, daß ich mir nie vorgestellt hätte, meine Jungfräulichkeit und meine Unschuld auf eine derart erniedrigende Weise entrissen zu bekommen, und schon gar nicht hätte ich mir träumen lassen, daß es sich bei dem Täter um Louis handeln würde. »Ich sage dir, es ist nie passiert, ich werde die Tatsache nicht akzeptieren, daß es geschehen ist, ich bestreite es, ich bestreite es.« Dann rollte er sich über den Hintern ab und zu den Wracks des Schrottplatzes hinüber, wobei er wie ein Hund dreinblickte und geiferte. Die ganze Geschichte und das ganze Begehren steckte jetzt in jenen Artefakten, die kreuz und quer übereinanderlagen, erstarrte Schlacke am Ort ihrer letzten Ruhe.

»Das kann nicht geschehen sein«, sagte ich. Als diese Einwände und jugendliche Verdrängung aus mir herausblubberten, begann zum erstenmal eine verrückte und raffinierte Idee in mir Gestalt anzunehmen: Wenn ich sagte, daß es nicht geschehen wäre, wenn ich es einfach verdrängte, dann würde es im Grunde auch *nicht* geschehen sein. Wir sind in der Lage, uns im Leben unsere eigenen Realitäten zu schaffen, wie z.B. über dem Schachbrett, entsprechend den Mustern, die wir unserem Bewußtsein aufpfropfen. »Nein«, wiederholte ich in einem etwas bestimmteren Ton. »Nein, es ist nie passiert, Louis, und mehr gibt es dazu nicht zu sagen.« Natürlich würde seine Kooperation erforderlich sein; das war mir damals schon klar. »Ich bin mir ganz sicher, daß du mir zustimmen wirst.«

»Nein«, widersprach er, »nein, du irrst dich, es ist passiert. Es kann nicht bestritten werden.« Alles mit einer monotonen, völlig unmodulierten Stimme. »Ich befürchte, daß der Zug gemacht worden ist, David, und es heißt berührt – geführt, *berührt* – geführt.« Sofort verfiel er in ein gräßliches und unkontrolliertes Kichern, wobei dieses Kichern ein Zucken durch seine Glieder laufen und den schlappen Körper sich aufbäumen ließ. Dann war er auf die Füße gesprungen und hing über mir; in seinen Augen glühte eine Erkenntnis, die genauso gefährlich wie die meine war, nur diametral entgegengesetzt. »Du wirst damit leben müssen«, stellte er fest. »Du wirst es akzeptieren müssen. Es ist geschehen, und es war vorherbestimmt, daß es passieren würde, und außerdem *habe ich es dir gemacht, wie du dich sicher erinnerst*.« Dieser Ausbruch machte mich schier verrückt, oder zumindest reduzierte er meine Stabilität gegenüber dem normalen Maß. Dann war auch ich auf den Beinen, streckte die Arme aus, zog und zerrte an ihm, wobei der Körperkontakt bei meinen Versuchen, ihn zu treffen, inniger ausfiel, als ich das je gewollt hätte. »Es ist nie geschehen«, behauptete ich, »es ist nie geschehen, ich bestreite alles«, und er sagte: »Ein einmal gemachter Zug kann gemäß den internationalen Spielregeln und dem Großmeister-Codex nicht wieder zurückgenommen werden. Wenn etwas einmal berührt worden ist, muß es berührt bleiben, und man muß die Figur auf eine andere Position bewegen«, und Obszönitäten sabbernd sprang ich ihn an und wollte ihm an diesen kleinen weißen Punkt an der Kehle gehen, wo sein Lebensnerv saß, ich schickte mich an, ihm das Lebenslicht auszublasen …

Und ich warf mich über ihn, glitt durch den Raum und darüber hinaus und fiel über eine lange, freie Distanz in den Schlick, wobei ich mit gespreizten Händen und Füßen auftraf. Als ich aus dieser Perspektive die Vögel von Canarsie betrachtete, fiel mir noch etwas anderes auf: der 47er Pontiac brannte, der Schneidbrenner eines unsichtbaren Arbeiters hatte ihn in der Mache, und die Funken flogen tanzend von dem Auto weg, das Metall erzitterte und schrumpfte zusammen; die riesigen, brutalen Bleche schrumpften zusammen … und während ich erstaunt zuschaute, schrumpelte das Auto selbst zusammen wie Materie, die in der Hitze eines Ofens zusammenfällt. Die Karosserie zog sich immer mehr zusammen, bis das, was einmal ein Transportmittel dargestellt hatte, nur noch eine schrundige Kugel mit einem Durchmesser von höchstens einem Meter war. Eine ultimate Traurigkeit und finale Erkenntnis verdrängte die Schreie aus meiner Kehle … während diese fleckige Kugel wie ein gequältes Tier auf dem Platz umherrollte und schließlich erkaltend zur Ruhe kam, so verstümmelt, daß um nichts in der Welt noch zu erkennen gewesen wäre, daß es sich bei ihr einmal um etwas anderes gehandelt hätte als ausgeglühtes und zerborstenes Eisen.

Barry N. Malzberg wurde am 24. Juli 1939 in New York City geboren. Am 31. Mai 1964 heiratete er Joyce Nadine; sie haben zwei Kinder, Stephanie Jill (*27. 5. 1966) und Erika Cornell (*16. 9. 1970). Lebte bis zum 3. August 1971 in New York City (mit weiteren Wohnsitzen in Fort Dix und Syracuse) und verließ dann die Stadt. Autor von ungefähr siebzig Romanen, einige davon Science Fiction, und ca. hundertfünfzig Kurzgeschichten, überwiegend Science Fiction. *Beyond Apollo*, Random House 1972, Gewinner des John W. Campbell Memorial Award für den besten SF-Roman des Jahres.

Er spielt – ohne weitere Ambitionen – seit über einem Vierteljahrhundert Schach. Obwohl er zu impulsiven Fehlern neigt – was man beim Marshall-Schachclub einen *Patzer* nennt – hat er jedoch einige interessante Angriffskonzepte für ein Königsläufer-Fianchetto entworfen und wird eines Tages sicher dafür gewürdigt werden.